Armin Foxius

Auch ich in Münstereifel

Erinnerungen an die Stadt und
an Heinz Küpper

© 2018 Armin Foxius

Verlag: tredition GmbH, Hamburg

ISBN
978-3-7469-2361-1 (Paperback)
978-3-7469-2362-8 (Hardcover)
978-3-7469-2363-5 (e-Book)

Printed in Germany

Vorbemerkung

Dieses kleine Buch versammelt die meisten Texte, die ich in den letzten Jahrzehnten über Münstereifel und Heinz Küpper geschrieben und veröffentlicht habe. Nur das Kapitel „Petitessen" wurde für diese Publikation verfasst.

Das Bändchen gliedert sich in zwei Teile: zum Ort, der heute Bad Münstereifel heißt, und zu Heinz Küpper, der mein Lehrer war und Freund wurde.

Ich wohnte mit meiner Familie von 1959 bis 1968 in Münstereifel und besuchte als Städter das damals staatliche St.-Michael-Gymnasium.

Die ersten drei Texte über die Stadt, die Schulzeit, das Gespräch mit meinem Klassenlehrer Kräling stammen aus dem zusammen mit Heinz Küpper herausgegebenen Buch „Zeit in Münstereifel" von 1988, zur Erinnerung an das Abitur 1968.

Zum Vorwort für eine Sammlung von Arbeiten unseres Direktors August Guddorf wurde ich von Harald Bongart gebeten. Die dann folgenden Texte wurden im Nachrichtenblatt des Vereins Alter Münstereifeler (VAMÜ) gebracht: Erinnerungssplitter.

Die Artikel über die England-Fahrt von 1966 für die Kölnische Rundschau und den Kölner Stadt-Anzeiger wurden im Auftrag des Jugendaustauschleiters und Studienrats Ferdinand Lethert geschrieben: „Dein Vater war doch Journalist."

Den Münstereifel-Teil schließt eine Betrachtung über das tolle Jahr 1968 ab, Text für einen Erinnerungsband über den 66er-Jahrgang von 2016.

Der zweite Teil befasst sich mit Heinz Küpper, dem großen Schriftsteller, der bis zu seinem Tod hier wohnte.

Der sechzigste Geburtstag wurde 1990 bei dem so gastfreundlichen Ehepaar Fischer in Groß-Vernich gefeiert. Ich sollte im Auftrag Küppers die einzige Rede halten: „Bevor ein anderer Quatsch erzählt".

Der siebzigste Geburtstag wurde in noch größeren Rahmen auf der Burg begangen. Es sprachen Berufenere; lang, teilweise sehr lang. Was ich zu sagen hatte, kannte Küpper ja schon; deswegen bat er mich um ein kölsches Gedicht.

Die Trauerfeier und Beerdigung an einem trüben Novembertag hatte eine Collage von

Küpper-Texten und eine kleine Ansprache der Erinnerung.

Die Ansprachen zur Benennung der Heinz-Küpper-Brücke in Bad Münstereifel und des Heinz-Küpper-Wegs in Euskirchen waren Teil der Bemühungen, das Andenken dieses Lehrers und Schriftstellers wachzuhalten.

Den Abschluss bilden Petitessen, Kleinigkeiten: Hier und da was, aus dem Gedächtnis, mithilfe von Notizen und Tagebucheintragungen.

Besonderer Dank gilt den Autoren der Vorworte zu den einzelnen Teilen im Buch:
- Herrn Professor Dr. Horst A. Wessel, Dozent für Wirtschaftsgeschichte an der Heinrich-Heine-Universität zu Düsseldorf, Ehrenvorsitzender des Vereins Alter Altmünstereifeler (VAMÜ),
- Herrn Helmut Mörchen, Literaturwissenschaftler und Publizist aus Köln.

Köln, im April 2018
Armin Foxius

1. Teil: Münstereifel

Zum Geleit

Die drei Texte des ersten Teils der Veröffentlichung betreffen die Zeit, die Armin Foxius als Volksschüler und Gymnasiast in Münstereifel gelebt hat. Es waren Jahre, die ihn in besonderer Weise und nachhaltig geprägt haben. Zwar sind auch andere Menschen „Kinder ihrer Zeit", aber das, was der Autor über seine Jugend- und Schulzeit zu erzählen weiß, zeigt die Ausprägung eines nicht nur individuellen, sondern auch früh sehr selbstständigen Charakters. Die Texte sind vor dreißig Jahren entstanden; dürfen also zu Recht als Zeitzeugnisse angesehen werden – zumal der Verfasser bewusst davon Abstand genommen hat zu glätten, geschweige denn inhaltlich zu verändern. Sogar auf das, was er damals als weniger wichtig angesehen hat oder was er seinerzeit nicht wusste, jedoch im Nachhinein an Interesse gewonnen hat, ist nicht ergänzt worden.

Armin Foxius war bereits damals ein exzellenter Erzähler, der genau beobachtete, interessant und humorvoll zu erzählen wusste, dabei jedoch den gebotenen Abstand zu den Geschehnissen wahrte und sie und sich distanziert und manchmal auch ironisch bewertete. Aufbau, Duktus und Sprache zeigen die Schule des Schriftstellers Heinz Küpper, der sein Deutschlehrer war und mit dem ihn eine lebenslange Freundschaft verbunden hat. Bemerkenswert sind die den einzelnen Kapiteln vorangestellten, sehr passend ausgewählten Zitate aus dem epischen Theaterstück „Unsere kleine Stadt" von Thornton Wilder, das der Verfasser als Schüler im zum Theater umgebauten Stadtkino gesehen hat. Das Münstereifel seiner Schülerzeit ist augenzwinkernd diese kleine Stadt, diese angeblich heile Welt, in der alle Kinder gut erzogen sind, in der auch die Banalitäten des Alltags so wichtig genommen werden. Armin Foxius nimmt sich davon nicht aus; im Gegenteil: Im Unterschied zum Spielleiter des Theaterstücks steht er nicht außerhalb der Handlung, sondern ist selbst Teil davon. Das unterscheidet diese Erinnerungen so wohltuend von den üblichen Schülermemoiren.

Armin Foxius war nicht wie zwei Drittel seiner Sexta des St.-Michael-Gymnasiums Konviktorist, sondern gehörte zu der kleinen Gruppe, die aus der Stadt selbst kamen. Zwar war er nicht in Münstereifel geboren, aber er war, weil der Vater als Journalist einer regionalen Tageszeitung hier arbeitete, in jungen Jahren mit der Familie zugezogen. Das führte zu einer Betrachtung der kleinstädtischen Verhältnisse und der damals einzigen weiterführenden Schule am Ort aus einer neuen, höchst ungewöhnlichen Perspektive. Denn wenn über die Schülerzeit, insbesondere im Nachrichtenblatt des Vereins Alter Münstereifeler, berichtet wurde, dann waren es die Erinnerungen von Internatsschülern. Und das war, wie ich bei der Lektüre überrascht feststellte, eine ganz andere Welt. Aufmerksam wird man schon in Anbetracht der Tatsache, dass von dem Drittel der Sextaner aus der Stadt oder ihrer Umgebung nur ein Einziger, nämlich der Verfasser, bis zur erfolgreichen Abiturprüfung nicht auf der Strecke geblieben ist. Allerdings wird die Frage, was denn aus den anderen geworden ist und warum diese scheiterten, zwar wiederholt gestellt, bleibt aber – auch in dem ausführlichen und gedanklich tief gehenden Gespräch mit dem ehemaligen Klassenlehrer (durchgehend von Sexta bis zum Abitur) – unbeantwortet.

Armin Foxius kam vor dreißig Jahren, als er über seine Zeit als Schüler nachdachte und seine Gedanken niederschrieb, zu dem Ergebnis, dass es eine „glückliche Zeit" gewesen war. Und er lässt uns daran auf eine nachdenkliche, jedoch stets vergnügliche Art teilhaben. Außerdem erfahren wir, warum dies so gewesen ist. Nicht von ungefähr hat er sich später schließlich für den Beruf des Lehrers, und zwar ganz bewusst an der Hauptschule, entschieden. Selbst ich, der ich nur wenige Jahre früher, allerdings als Konviktorist, das St.-Michael-Gymnasium besucht und diese Zeit intensiv erlebt und in geringem Umfang auch mitgestaltet habe, konnte viel Neues erfahren über die Stadt und das Gymnasium sowie deren Akteure. Beispielsweise war uns der damalige Oberpfarrer Dr. Rothkranz zwar ein Begriff, aber vor allem wegen seiner Ansage bei der Fronleichnamsprozession: „Zum Schluss singen wir ‚Großer Gott wir loben Dich' mit Blechmusik". Dass er ein gebildeter Verehrer der hellenistischen Kultur war und den jungen Schüler mit Fachliteratur versorgte, das habe ich erst jetzt erfahren und lässt diesen Mann in einem anderen Licht erscheinen. In Erinnerung war auch, dass unser Latein- und Griechischlehrer Kräling an Feiertagen die Konviktsorgel spielte, nicht jedoch, dass er das an Weihnachten und bei anderer Gelegenheit auch in der evangelischen Kirche tat – und dass Armin Foxius ihm dabei assistierte. Dabei ist zu berücksichtigen, dass damals zwischen den Konfessionen noch scheinbar unüberbrückbare Gegensätze bestanden. Ich erinnere mich noch gut daran, dass bei meiner Vorstellung in Münstereifel Präses Otto Keppeler bekannte, dass im Lehrerkollegium des St.-Michael-Gymnasiums zwar auch evangelische Lehrer tätig, aber diese vollkommen integer und außerdem sehr tüchtig seien.

Die Bürgermeister der Stadt traten bei uns im „Kasten" bei verschiedenen Anlässen auf, beispielsweise beim Besuch des Erzbischofs oder bei der Ernennung von Präses Keppeler zum Prälaten. Sie waren uns nach einigen Jahren in der Stadt durchaus bekannt. Aber das, was hier und vor allem auch wie über sie berichtet wird, setzt ein Wissen voraus, das in unmittelbarer Nähe erworben und in seiner Bedeutung auch richtig eingeordnet wurde. Der bereits erwähnten Weigerung des Verfassers, die Texte nachträglich zu ändern oder zu ergänzen, dürfte es zuzuschreiben sein, dass einer, der damals hinsichtlich seiner körperlichen Statur und auch seiner Aufgabe und Funktion zu den gewichtigsten Akteuren in der Stadt zählte, nicht in Erscheinung tritt. Von mir darauf aufmerksam gemacht, bedauerte Armin Foxius diese Lücke, verwies auf das Zeitzeugnis und schlug vor, ich solle diese Episode im Geleitwort erwähnen. Das will ich tun. Genannter Akteur war der damalige Leiter der Polizeiwache Münster. Dieser sah sich in der „rebellischen Zeit" Ende der 1960er-Jahre einer unangemeldeten und daher nicht rechtmäßigen Vietnam-Demonstration gegenüber. Es gelang ihm, den Zug zu stoppen, allerdings nur kurzfristig; denn die Demonstranten drängten und drohten, ihn, der die Obrigkeit verkörperte, einfach auf die Seite zu schieben. Gerade rechtzeitig fand er einen typisch Münstereifeler Kompromiss, der beiden Seiten unter Wahrung des Gesichts und der Obrigkeit auch der Autorität aus der Klemme half: „Die Straße bleibt frei! Was Ihr auf dem Bürgersteig veranstaltet, das geht mich nichts an."

Auch Lehrer, die wir nicht mehr aktiv im Schuldienst erlebt haben, werden aufgrund ihrer besonderen Verdienst gewürdigt. Beispielsweise Studienrat Backes, der in den 1950/60er-Jahren erfolgreich mehrere Initiativen ergriff, um das kaum vorhandene öffentliche Kulturleben in der Stadt auf eine tragfähige Grundlage zu stellen. Er engagierte Gastspieltheater, die auf dem oberen Schulhof des Gymnasiums und regelmäßig im Kino auftraten, u.a. mit dem bereits erwähnten Stück von Thornton Wilder. Er rief einen Filmklub ins Leben und führte Oberstufenschüler an die Aufgabe heran, die nach der Vorführung angesetzte Diskussionsleitung zu übernehmen. Mir ist noch in guter Erinnerung, dass ich beim ersten derartigen Einsatz den Edelwestern „12 Uhr mittags" mit Gary Cooper zu behandeln hatte. Bei den Ausführungen zu den Sportveranstaltungen im Wallgraben fiel mir ein Foto in meinem Schüleralbum ein, das ein besonderes Engagement unseres Oberstudiendirektors August Guddorf dokumentiert: Dieser sprintete anlässlich der Bundesjugendspiele als buchstäblicher Kugelblitz die 100-Meter-Bahn hinab, an seiner Seite Studienrat Gier („Passivi"). Dieses Ereignis dürfte jedoch bereits vor der Gymnasialzeit von Armin Foxius stattgefunden haben.

Breiten Raum nimmt das Interview ein, das Armin Foxius vor dreißig Jahren mit seinem ehemaligen Klassenlehrer geführt hat. Es ist nicht nur Zeitzeugnis, sondern erweist sich noch heute als hochaktuell. Zwar sind die Probleme, die während der Schulzeit des Verfassers durch die Auflösung der Klassenverbände im Zusammenhang mit der Oberstufenreform entstanden sind, längst in Vergessenheit geraten, aber die Folgen sind noch heute empfindlich spürbar. Ob es gut war, den Klassenlehrer von Sexta bis Oberprima zu behalten, statt ihn wie üblich alle drei Jahre zu wechseln, das ist wohl nur individuell zu beantworten. Lehrer wie Schüler kamen jedenfalls vor dreißig Jahren zu dem Ergebnis, dass es sich gelohnt hat. Nachdenklich stimmen die Vergleiche zwischen den Verhältnissen in den 1950/60er- und den 1970/80er-Jahren, auch das betrübliche Schicksal der Hauptschule. Die Entwicklung ist keineswegs zum Guten fortgeschritten. Angesprochen wurde der Verlust der Allgemeinbildung bzw. die Züchtung von „Fachidioten", der Sinn des Vokabellernens bzw. der Irrsinn zu glauben, Vokabeln seien bei Bedarf nachschlagbar oder elektronisch abrufbar. Sicherlich nicht selbstverständlich ist in diesem Zusammenhang die Erörterung des Verhältnisses von Katholisch und Heidnisch-Klassisch, Katholisch und Evangelisch bzw. die Bedeutung der Ökumene für einen Lehrer, der neben seinen ursprünglichen Fächern Latein und Griechisch mangels Nachfrage nun auch Unterricht in katholischer Religionslehre erteilte. Der Primat des Papstes wird in dieser Tour d'Horizon ebenso behandelt wie der Zölibat und die Clyniazensische Reform.

Nachdenklich stimmt vor allem das Fazit des langjährigen Gymnasiallehrers: „Lehrer sind sonderbare Menschen. Normale Menschen haben Kinder, die ziehen sie groß; die Kinder gehen aus dem Haus. Der Lehrer fängt immer wieder mit kleinen Kindern neu an. Und das dreißig Jahre lang." Der Verfasser setzte dagegen: „Dieser Beruf gibt Freiheiten, die man in anderen Berufen nicht findet." Und diese Freiheiten hat der Hauptschullehrer Armin Foxius zum Wohl seiner immer wieder neuen Schüler sowie nicht zuletzt dafür genutzt, um Prosatexte und vor allem Gedichte zu schreiben, die erfreuen und zum Nachdenken anregen. Dafür liefern die hier veröffentlichten Texte treffende Beispiele.

Horst A. Wessel

Münstereifel – Gedächtnissplitter

Wenige hundert Meter fuhr der Zug von Bahnhof Euskirchen noch in Richtung Köln, doch dann bog er in einer Rechtskurve ab, und wenn man am Haltepunkt „Kuchenheim – Zuckerfabrik" und an den beiden großen Silos vorbei war, wusste man: Jetzt konnte es nur noch nach Münstereifel gehen.

In Stotzheim, Kreuzweingarten, Arloff, Iversheim gab es noch kleine Bahnhöfe, natürlich mit Gaststätte. Man sah in der Höhe von Arloff zur Rechten wie einen feinen grünen Strich das so irdische Kalkarer Moor, und wenn man sich weit aus dem Fenster hinauslehnte, das Ohr und Auge ins Weltall, die Radiosternwarte Stockert. Jetzt war es nicht mehr weit, nach Iversheim kam schnell Münstereifel selbst, Endstation einer Reise.

Als ich 1959 nach Münstereifel kam, fuhr noch die Dampflok, für uns Kinder Einstieg in Technik – und ins 19. Jahrhundert. Am Endpunkt Münstereifel wurde die Lok umgesetzt: Sie wurde von den Waggons abgekuppelt, fuhr ein wenig vor, eine Weiche wurde von Hand umgestellt, die Lok dampfte rückwärts, rechts an den Waggons vorbei, überquerte noch die Straße zur Otterbach bis etwa in Höhe des

Omnibusdepots der Bundespost, fuhr dann wieder retour in die Bahnhofsanlage und wurde ans andere Zugende angekuppelt, jetzt wieder in Richtung Euskirchen.

Die Lok konnte hier auch mit Wasser versorgt werden, und zur Straße hin war noch ein separater Gleisanschluss zu einem großen Holzlagerplatz. Das Bahnhofsgebäude war ähnlich denen des Ahrtals, von der Reichsbahn Ende des 19. Jahrhunderts in Berlin entworfen. Auf der ersten Etage wohnte der Bahnhofsvorsteher, und zusammen mit einer seiner Töchter besuchte ich das vierte Schuljahr.

1959 zogen wir nach Münstereifel, und am ersten Morgen wurde ich einkaufen geschickt; im Café Kreuzberg gab es Brötchen, bei Frau Esser im „Spar" (Ecke Unnau-/Orchheimer Str.) Büchsenmilch und Nescafé im Probiertübchen.

Als ich 1959 nach Münstereifel kam, war die Stiftskirche gerade wegen Baufälligkeit geschlossen worden.

Ich habe zehn Jahre hier gelebt, es war eine glückliche Zeit.

CHRYSANTHUS UND DARIA

„Dies alles geschah, und wir bemerkten es nicht."
(Thornton Wilder: Unsere kleine Stadt)

Evangelische gab es auch. Aber ansonsten war es eine zutiefst katholische Kleinstadt. Und da die Stiftskirche „Chrysanthus und Daria" geschlossen worden war, stand das Pfarrhaus am falschen Platz. Das war dann für den gehbehinderten Oberpfarrer Rothkranz ein langer Weg bis zur Jesuitenkirche, die für viele Jahre als Pfarrkirche aushelfen musste. Dr. Rothkranz passte eigentlich nicht nach Münstereifel, er saß zwischen seinen vielen Büchern, hatte die Leutseligkeit eines Pius' XII. und schenkte einem wissensdurstigen Zwölfjährigen „Die hellenische Kultur" von Fritz Baumgarten in einer wunderschönen Ausgabe von 1913. Unbefragte Kirche und private Intellektualität. Diese lange Epoche im Klerus bestand auch im Kleinen, und endete dann auch dort, wie auch im Großen.

Geistliche Lehrer, auch Bürgermeister und Stadtdirektor waren Anfang der 60er-Jahre noch klare, wichtige Größen und Kristallisationspunkte.

Rothkranz' Nachfolger organisierte Jugend. Und im Zeltlager hatten wir unsere festen Abläufe, hielten Gottesdienste unter freiem Himmel, waren selbstverständlich katholisch wie jung. In der KJG waren Volksschüler, Lehrlinge und Gymnasiasten in den gleichen Gruppen. Alte Beziehungen von der Volksschule her blieben trotz unterschiedlicher Bildungs- und Berufsgänge erhalten. Das ist gar nicht hoch genug einzuschätzen. Ausgewählte fuhr Oberpfarrer Schäper durch die Erzdiözese zu den Kirchenneubauten der Architekten Böhm, Vater und Sohn.

Der evangelische Pfarrer, natürlich in einem Neubau angesiedelt, hart an der Stadtmauer, hatte eine ganz andere Klientel. Nichtrheinisch, intellektueller, offensiv fröhlich und – schon damals – mit handgearbeiteten Textilien bekleidet. Als das alte Pfarrhaus Ecke Heisterbacherstraße abgerissen werden musste, nachdem sich dort wegen der Enge schwere Unfälle und gar der Tod eines jungen Mädchens ereignet hatten, durfte ich zentnerweise Briketts aus den alten Kellern herausholen und zu uns nach Hause bringen. An Feiertagen registrierte ich meinem Klassenlehrer Kräling in der evangelischen Kirche die Orgel, bei den musikalischen Aktivitäten von Pfarrer Sassen-

scheidt uns beiden Katholiken ganz selbstverständlich.

Und als ich genaue Informationen über die
Vorgänge in Vietnam suchte, bekam ich Texte
und Dokumente, die in der Zeitschrift „Stimme der Gemeinde" abgedruckt waren, aus dem
evangelischen Pfarrhaus. Klütten und Literatur.

In der gesperrten Stiftskirche machte ein junger Archäologe vom Bonner Landesmuseum,
mit Baskenmütze und Fliege auffällig gekenn-
zeichnet, Untersuchungen, der junge Hugo
Borger versuchte, das gefährdete Baudenkmal
in den Griff zu bekommen. Wir krabbelten
durch ein offenes Fenster in die Krypta und
spielten hier Verstecken.

Von unserer Volksschule, der Marienschule,
hatten wir einen weiten Blick auf die Stadt.
Und als das Wohnhaus und das kleine Café
(mit Ziege davor) von Peter Schumacher ab-
brannten, hatten wir Schüler einen Logenplatz.
– Bei Schulfeiern spielte Rektor Beilenhoff auf
der Geige, und wir sangen, so begleitet, Mari-
en- und andere Volkslieder. In der früheren
Lehrerausbildung waren die Kandidaten ange-
halten, ein Instrument zu beherrschen. Heute
können einige wenige Klavier spielen, aber das
tun sie dann privat. Alle Schüler und Lehrer

der Schule nahmen am zentralen Martinsumzug teil. Vorneweg wurde ein erleuchtetes Schulmodell getragen. Die ganze Stadt war eine Gemeinde.

Wir haben viel auf den Straßen gespielt, die ganze Stadt und ihr Weichbild war unser Aktionsraum.

1960 spielten wir „Olympische Spiele". Wir liefen die Fibergasse hoch, durch den Rathausbogen, rechts runter, an „Schultes Eck" mit der Buchhandlung zwängten wir uns an den Menschen vorbei, und zurück zur Fibergasse. Und obwohl die meisten von uns älter waren, gewann immer Fredy Kirchner. Aber dessen Vater war ja auch beim Dresdner SC gewesen und kannte von daher noch Helmut Schön.

Und wenn ich heute im Fernsehen in irgendeiner Aids-Diskussionsrunde Prof. Manfred Steinbach contra Gauweiler höre, fällt mir ein, wie wir auf einem Sandhaufen vor dem Schuhhaus Kammering seinen Acht-Meter-Weitsprung von Rom kopierten (vierter Platz).

In manchen Wintern war die Erft zugefroren. Wir liefen über die Straße bis zum Sportplatz, kletterten dann die Böschung runter auf das Eis und gingen und rutschten die Erft rauf bis Eicherscheid.

Das schwierigste Stück war die Partie „an der Rauschen". Wir hangelten uns die gefrorene Schräge hoch, hielten uns an Steinvorsprüngen und größeren Eisgebilden fest. Wir hörten das Wasser unter uns gurgeln; und war es uns nicht trotz der Eisschicht so nah, dass wir die Luftblasen und die reißende Geschwindigkeit des Ozeans Erft durch das papierdünne Eis sahen? So schien es uns, und wir hatten schreckliche Angst. Wir krabbelten weiter, auf allen Vieren, und am Wehr oben angekommen, hatte keiner mehr Angst gehabt, und wir gingen weiter. Langsamer, das Eis und jeden unserer Schritte genau beobachtend.

Im September 1960 gab es eine Trinkwasserkatastrophe. Aus der Hauptquelle floss verseuchtes Wasser. Auf dem Klosterplatz stand eine Wasseraufbereitungsanlage, Trinkwasser lagerte in riesigen durchsichtigen Plastikbehältern auf erhöhten Gestellen. Der Stadtdirektor wurde auf dem Platz von einem Fernsehteam interviewt. Man stand im Kreis herum, man hörte, wie einer fragte, und sah, wie sich ein anderer um Antwort bemühte. So was wie ein Fernsehinterview hatten wir alle noch nicht gesehen und gehört. Nach mehreren Anläufen klappte es dann. Am Abend saß die ganze

Stadt vor dem Fernseher: Münstereifel war in „Hier und Heute".

FRINGSE LÖR, HEUELS PAD

> *„Eine sehr durchschnittliche Stadt,*
> *wenn Sie mich fragen.*
> *Ein wenig gesitteter als die anderen,*
> *dafür aber auch bedeutend weniger aufregend."*
> *(Thornton Wilder: Unsere kleine Stadt)*

Politik fand auch statt, und sie war so übersichtlich angeordnet und wurde so gradlinig exekutiert, dass ein Kind es verstehen konnte. Es gab einen Stadtrat mit einer eindeutigen CDU-Mehrheit, einer starken FDP und SPD-Leuten. Wichtig aber war die Trias an der Spitze: Bürgermeister Laurenz Frings, Stadtdirektor Derkum und Stadtinspektor Schmidt. Fringse Lör sah man überall in der Stadt. Wenn mehrmals am Tage aus dem Café Frohn von der Bedienung Kännchen Kaffee über die Straße ins Rathaus getragen wurden, kannte man den Adressaten: Heinrich Derkum. Punkt 12 Uhr verließ Herr Schmidt sein Büro und ging kerzengerade die wenigen Schritte in seine Privatwohnung, Mittagszeit.

Waren wichtige Dinge der Bevölkerung mitzuteilen, ging dies auf schnellstem Wege, nur noch der Geschwindigkeit des heutigen Bildschirmtextes vergleichbar: Der städtische Angestellte Ritzdorf wurde losgeschickt, an bestimmten Stellen der Stadt blieb er stehen, bimmelte kräftig mit einer Glocke, wartete ab, dass Fenster und Ohren geöffnet wurden, und meldete derart: „Der Oberstadtdirektor gibt bekannt! Wegen der Ostertage ändern sich die Müllabfuhrzeiten, etc." Das war ja auch wichtig, und aus dem nachgeordneten Mund der Verwaltungsspitze klang es dringlicher als in dürren, wenigen Worten auf irgendeiner Seite im Lokalteil der Zeitung. Und, wer hatte überhaupt eine Zeitung abonniert? – Die alte „Münstereifeler Zeitung" gab es ja schon lange nicht mehr, und „Kölner Stadt-Anzeiger" und „Kölnische Rundschau" waren überregionale Blätter, die mit Münstereifel zunächst einmal wenig im Sinn hatten. – Die Meldungen von Herrn Ritzdorf bekam jeder mit, denn die Frauen waren auf jeden Fall zu Hause. So war das damals.

Als ich nach Münstereifel kam, gab es hier viele Flüchtlinge. Sie waren häufig nur notdürftig untergebracht, darunter mehrere Familien auf engstem Raum in einem heruntergekommenen Gebäude am Anfang der Langenhecke. Heute ist es das „Romanische Haus", einer der ältesten Profanbauten des Rheinlandes.

Der Nachfolger von Fringse Lör war ein Herr Heuel, wie ersterer ein richtiger Münstereifeler. Was anderes kam gar nicht infrage, auch nicht eine andere Parteimitgliedschaft als die der CDU.
Der neue Bürgermeister war wohlbeleibt, der Spitzname war gerechtfertigt, und nie sah ich eine Amtskette am Träger so dekorativ auf dem Präsentierteller. Das war auch sehr wichtig, denn Verschwisterungen mit anderen europäischen Gemeinden standen auf der Tagesordnung und sollten zelebriert werden. Man war Europäer geworden. Mochten die Planungen zur Restaurierung von Stadtmauer und Burg auch konkrete Züge annehmen, im geistigen Bereich hatte man die Engen der Kleinstadt und Westdeutschlands längst verlassen und bemühte sich um polyglotte Weltläufigkeit. Die Mädchen und Jungen der Stadt und der Umgebung lernten in den Schulen Hochdeutsch und dann ganz schnell Englisch, um möglichst bald nach Ashford/Kent fahren zu können. Die Erwachsenen fuhren mit Verei-

nen und Clubs über den Kanal in einer neuen und ganz anderen Weise „gen Engeland", als sie es noch als Kinder gelernt hatten.

Münstereifel war eine behäbige Stadt, die zusehends prosperierte und sich ausdehnte. Die Bebauung quoll aus dem engen Tal heraus, belegte die umgebenden Hänge, und aus dem mittelalterlichen Städtchen wurde eine moderne Gemeinde mit historischem Kern.

Diese Explosion fand im Wesentlichen in den 60er-Jahren statt. Und ich habe es erlebt.

Die Politik wurde zu Beginn dieser Etappe noch von den Einheimischen, und bei denen von den kleinbürgerlichen Säulen Handwerk, Handel und mittlerer Beamtenschicht bestimmt. Der enorme Zuzug von „Fremden" und die landespolitischen Vorgaben zur Kommunalpolitik aus Düsseldorf veränderten alles. Nur in wenigen Bereichen, vor allem auf Grund von ökonomischer Macht, konnten sich die „alten" Münstereifeler Gestaltungsmöglichkeiten erhalten.

Die Nähe zu Bonn, der Bundeshauptstadt, wurde immer bewusster. In den frühen 50er-Jahren hatte sich der damalige Bundespräsident Heuss mehrmals in Münstereifel aufgehalten. Dann besuchte 1966 Bundeskanzler Ludwig Erhard mit der Belegschaft des Kanzleramts im Rahmen eines Jahresausflugs Münstereifel. Als der Verf. um ein Autogramm bat, wurde er in der Burggaststätte neben den Kanzler an die Kaffeetafel gesetzt, es wurden Fotos gemacht. Da saß ein alter Mann, in sich zusammengesunken, und erkundigte sich nach Schule und Berufswünschen. Ich hatte in diesem Jahr ein Kurzschuljahr, und Ludwig Erhard war wenige Wochen später nicht mehr Kanzler.

Dann wurde vieles anders. Die Bundesparteien erkannten die günstige Lage Münstereifels und bauten Fortbildungs- und Stiftungsgebäude. Der Reiz von Stadt und Landschaft machte viele Bundespolitiker zu Dauergästen, manche siedelten sogar über. Und es ist nicht ohne Reiz, Herbert Wehner im Lokal „En d'r Höll" zu sehen, im VAMÜ-Blatt zu lesen, dass man voller Stolz in der „FAZ" die gleichzeitige Erwähnung Wehners mit einem St.-Michaels-Abiturienten von 1922 gefunden hat. Derselbe Herbert Wehner, der jetzt als Zeuge für die bundesweite Bedeutung von Stadt und ihren Abiturienten bemüht wird, arbeitete als kommunistischer Funktionär mehrere Jahre in der KPD-Zentrale zusammen mit Wilhelm Guddorf, Bruder von August Guddorf. Dies nur zur Vollständigkeit deutscher Geschichtsbetrachtung.

Die Geschichte hier lief in den letzten hundertfünfzig Jahren relativ gleichförmig. „Revolten" hat es in der Stadt nur wenige gegeben, aber einiges Wenige soll dennoch – auch an dieser Stelle – festgehalten werden:

— Die Entwendung des preußischen Adlers vom Rathaus und der Trauergottesdienst für die Berliner Märzgefallenen im Frühjahr 1848,

— die relativ hohen Ergebnisse der Kommunisten bei den Reichspräsidenten- und Reichstagswahlen 1932 (woher kamen die in dieser katholischen Kleinstadt?),

— der Versuch einer Freien Wählervereinigung Mitte der 60er-Jahre, im kommunalpolitischen Bereich die verkrustete Parteienstruktur aufzubrechen und Transparenz zu fordern (ein Versuch, der dann schnell durch das einmütige Handeln der bisherigen Rathausparteien mit allen Mitteln niedergebügelt wurde; die Vorgehensweise erinnert sehr stark an die Maßnahmen gegen die später aufkommenden Grünen),

— dann Ende der 60er-Jahre/Anfang der 70er-Jahre ein wenig Schülerunruhen.

Mir am liebsten ist in der Erinnerung noch immer die Haltung und die „Revolte" eines großartigen und ruhigen Münstereifeler Kunsthandwerkers und Bildhauers, der in der Nazizeit mit einer Jüdin verheiratet war und sich lieber in einem Strafbataillon demütigen und schikanieren ließ, als sich von seiner Frau scheiden zu lassen.

KURLICHTSPIELE

„Mr. Webb, gibt es in Grover's Corners so etwas wie Kultur oder eine Liebe für die schönen Künste?"
(Thornton Wilder: Unsere kleine Stadt)

Als das Aachener Grenzlandtheater Thornton Wilders „Unsere kleine Stadt" aufführte, sahen das Stück nur wenige geborene Münstereifeler. Das Publikum bestand aus Neubürgern, Gymnasiasten, jungen Frauen und Männern aus der Rechtspflegerschule. Aber die wenigen Münstereifeler, die im Kinosaal der Kurlichtspiele das Geschehen auf der schmalen Bühne verfolgten, machten prozentual immer noch mehr aus als die Theaterbesucher einer Großstadtbevölkerung.

Ein pensionierter Studienrat, Herr Backes, brachte durch großes Engagement kleine Theater aus der Rheinprovinz mit interessanten Stücken nach Münstereifel. Das klingt alles viel provinzieller als es war. Es waren zwar nicht die großen, umstrittenen Inszenierungen, die brandaktuellen, zeitkritischen Stücke, aber wer heute beobachtet, was in kleinen und mittleren Städten an Tourneetheater angeboten wird (wo allein mit dem Auftritt von TV-Stars geworben wird), den packt das Grausen, und er denkt in Anerkennung an die Initiativen des Herrn Backes.

Es gab Brechts „Mann ist Mann" in einer aktualisierten Inszenierung vor dem Hintergrund Vietnam durch das Kölner „Keller-Theater"; und in einer „Leonce und Lena"-Aufführung des gleichen Theaters konnte man den jungen Jürgen Flimm sehen, später Intendant in Köln und Hamburg.

In einer solchen Kleinstadt gab es in diesen Jahren noch eine fast verschworene Gemeinschaft der Lesenden, Musizierenden, Hörenden. Man kannte sich, und wenn einer mal fehlte, fragte man nach.

Die Organisatoren gaben sich Mühe, und man konnte auch Glück haben. Während in der Bonner Beethovenhalle Tausende verzückt ob Elly Neys verquaster und schwülstiger Beethoven-Interpretation die Augen verdrehten, konnte man im Münstereifeler Kurhaus in kleinem Publikum einer jungen Pianistin, Tiny Wirtz, zuhören, die kraftvoll, aber ohne falsches Pathos, „modern", eine ganz andere weibliche Interpretation von Klaviermusik bot. Dann gab es eine Reihe von Lyrikabenden, bei denen junge Studienräte des St.-Michael-Gymnasiums den Münstereifelern Celans „Todesfuge", Gedichte von Bobrowski und Enzensberger vorlasen und sie deuteten. Wenn alles interpretiert und geklärt war, ging Dr. Rothkranz langsam und schleppend nach Hause und die anderen gingen noch einen trinken.

Als wir noch auf der Volksschule waren, standen wir mit offenem Maul vor dem Tierarzt König, der uns das griechische Alphabet aufsagte. Er tat das mit einer Würde, als gelte es, das Hohelied des Abendlandes zu singen. Wir freuten uns auf den Beginn der Gymnasialzeit, die uns solchen Genüssen näherbringen sollte. Ende der Quinta bestürmten wir die Quartaner und befragten sie nach dem Fach Englisch, das uns im nächsten Schuljahr erwartete. Aber welch bloß formale, auch standesdünkelhafte Seite diese Auffassung von Bildung hatte, merkten wir dann, als uns der Griechischlehrer empfahl, die ersten zehn Verse der „Odyssee" auswendig zu lernen, damit wir später, selbst nach Vergessen von allem anderen, etwas zu zitieren hätten.

Das Kino der Stadt hatte einen aufregenden Namen: Kurlichtspiele. Das war vielfältig interpretierbar, und heute befindet sich da, wo früher ein großer Saal langsam abfiel, ein Supermarkt.

Wenn man wissen wollte, was im Kino lief, ging man zum Kino selbst (in der Wertherstraße), oder man informierte sich an einem Schaukasten neben dem Lebensmittelgeschäft Melder vor dem Gymnasium. Das war ein besonderer Service für die Bürger in diesem Teil der Stadt, und ich erinnere mich noch daran, wie sorgfältig und schön dieser Schaukasten immer hergerichtet wurde. Als zum Beispiel Jacques Beckers Film „Das Loch" von 1980 lief, war vor die Bild- und Textinformation eine schwarze Schablone befestigt, die nur das Loch des Filmtitels freiließ.

Ein Filmabend begann immer mit „Fox tönende Wochenschau", und der Skispringer und die Kamelkarawane werden immer mit diesem Kino verhaftet im Gedächtnis bleiben.

Es gab einen „Filmclub", der durchaus auf dem damaligen Stand der Filmhistoriografie stand und von einer festen Gemeinde besucht wurde. Über den Film konnte man am schnellsten den Abstand zwischen tiefer Provinz und Weltstandard verkürzen. Das Kino in Münstereifel war nicht nur das Fenster zur Welt, es war die Welt selbst. Als das Kino zugemacht wurde, holte man sich mit dem Supermarkt nur das aktuelle Warenangebot einer Kreisstadt.

WEITE WELT: EUSKIRCHEN

„Immerhin, den jungen Leuten scheint's hier zu gefallen: neunzig Prozent von denen, die eine höhere Schule besuchten, siedeln sich hier für den Rest ihres Lebens an – auch wenn sie inzwischen fort gewesen waren und die Universitäten besuchten."
(Thornton Wilder: Unsere kleine Stadt)

1959 gab es alles Lebenswichtige in Münstereifel. Aber schon zum Augenarzt musste man in die Kreisstadt, nach Euskirchen. Hier gab es auch für die Münstereifeler den nächsten Hundesalon, darin die „Nordsee"-Filiale, die Muscheln führte, und ein richtiges Kaufhaus mit Warenangebot über drei Etagen, das bezeichnenderweise „Eifelkaufhaus" hieß. Euskirchen war Umsteigestation für die Züge und Busse nach Köln und Bonn und retour, eine hässliche und nichtssagende Stadt, in der man sich nicht länger als nötig aufhielt. Aber: Tor zur Welt.

Einige Fernreisende aus Münstereifel in dieser Zeit sind mir im Gedächtnis.

Der Spätheimkehrer aus russischer Kriegsgefangenschaft, der trotz aller familiären und politischen Umarmungen nicht aufhören wollte, die Russen als Menschen und die vergangene deutsche Kriegspolitik als „Überfall", als „Verbrechen" zu bezeichnen. Man sagte, er sei „da hinten" Kommunist geworden.

Eine ganze Gruppe, die Handballmannschaft des TVE, reiste nach Nordafrika. Es war eine Expedition und wurde entsprechend von der Presse gewürdigt. Dekolonisierung und Handball. Münstereifel in Afrika.

Dann war da ein junger Bäcker, der in einer kleinen Wohnung unter dem Dach der evangelischen Volksschule Schiffsmodelle bastelte, es dabei nicht beließ oder auf Briefmarken überwechselte, nein, er machte sich auf und wanderte nach Australien aus.

Heute fahren viele aus dieser Stadt weit und oft in der Welt herum. Unterhält man sich mit manchen, kennen sie die schönsten Plätze dieser Erde und die kürzesten Verbindungen, und gelangen selbst doch nur vom Hubertusweg in die Orchheimer Straße.

An manchen Sonntagen hingen wir im Fenster und schauten auf die Autoschlangen, die schier endlos vom Nürburgring her ihren diversen Heimatorten zuzockelten. Wir notierten die Autokennzeichen und sortierten sie nach Häufigkeit. Die Extremwerte unterstrichen wir und erzählten sie am anderen Tag in der Schule. Die dazugehörenden Auto- und Motorradrennen hatten wir uns vorher im Radio angehört. Wir wussten genauso viel wie die Autofahrer unten in ihren heißen Autos, schauten sie uns in aller Ruhe an, wie sie für ihre Neugier leiden mussten.

In einer Nacht zwischen Karnevalsdienstag und Aschermittwoch gab es einmal einen richtigen Kriminalfall unter Jugendlichen aus „einfachen" Verhältnissen mit einer Mischung aus Mord und Selbstmord. Wir hatten nur fünfzig Meter entfernt „En d'r Höll" noch Karneval gefeiert. Um 3 Uhr waren wir nach Hause gegangen, wenig später fielen die Schüsse. Es interessierte die Bevölkerung Münstereifels wie die der als so anonym beschriebenen Großstädte. Da war Münstereifel einmal eine Großstadt.

Es gab junge Leute, die wollten wie Georges Braque malen, andere drehten am Kurzwellenknopf des Radios, bis sie die „Internationale" und die Wörter „Radio Tirana" hören konnten. Einer hatte Schallplatten von Joan Baez geschenkt bekommen, aus Köln natürlich, und die hörte man dann auf dem Sofa sitzend und spielte dabei Schach. Wieder andere beschäftigten sich mit der Frage, ob der junge Student Karl Marx auf seinem Weg von seiner Heimatstadt Trier zu seinem Studienort Bonn durch Münstereifel gekommen sei. Von diesen jungen Leuten lebt heute keiner mehr in Münstereifel.

Anfang der 60er-Jahre hatte man das Marienkrankenhaus in der Langenhecke geschlossen. Eine junge Serviererin, die in einem Hotel arbeitete und auch dort wohnte, hatte ihre Schwangerschaft verstecken müssen, entband ohne fremde Hilfe und ging dabei beinah drauf. So etwas wusste man, erzählte es aber nicht weiter. Das ist die kleine Stadt. Das ist die weite Welt.

BAD

„– Weißt du, dass Mrs. Fairchild jeden Abend ihre Haus-
tür verriegelt? Alle Leute drüben in ihrem Viertel tun es.
– Weil sie sich einbilden, Großstädter zu sein –
das ist das Schlimme."
(Thornton Wilder: Unsere kleine Stadt)

Im Kurpark gab es ganze Brennnesselhecken,
in den geborstenen Tretbecken fingen wir
Molche und Frösche, im alten Wallgraben
konnten wir ungestört knutschen, und in den
verwilderten Gärten zum Kurhaus hin klauten
die Kinder Pflaumen und Kirschen, wuchs so
viel Buchsbaum, dass man sämtliche Palm-
sonntagsprozessionen des Erzbistums hätte
versorgen können.
Im alten Schwimmbad im „Goldenen Tal" gab
es ein Rondell, das ständig von den damaligen
„Halbstarken" besetzt gehalten wurde. Man lag
auf schmalen Handtüchern, rauchte und
schaute sich von unten die vorbeigehenden
Mädchen an. Und da man sich kannte, traten
die einem auf die Füße, wenn man zu dreist
guckte.
Dann überbrachte der damalige Regierungs-
präsident Heidecke den Münstereiflern eine
Urkunde. Und seit dem 07.06.1967 darf sich

Münstereifel Bad Münstereifel nennen. Der Kurpark wurde gestaltet, die alten Tretbecken wurden wieder trittfest gemacht, den alten Wallgraben gibt es nur noch als Wegbezeichnung, und die Gärten gibt es überhaupt nicht mehr. Geliebt wird jetzt auf Mallorca oder direkt zu Hause, Buchsbaum und Palmprozession braucht jetzt eh keiner mehr.

Das Schwimmbad wurde das „Eifelbad", ganze Schulklassen der Region liegen im sprudelnden Wärmebecken, und kurende Senioren rutschen durch eine lange Röhre. Aus Köln wurden zwanzig alte Straßenlaternen zum Schrottpreis von fünfzig D-Mark je Stück gekauft, eine rote Telefonzelle aus England wurde aufgestellt, der Verkehr wurde so beruhigt, dass man gar nicht mehr weiß, dass man überall hingehen soll, und man sieht die Blumenkübel aus Deutschland überall.

Herr Heidecke ist inzwischen Vorsitzender des Kölner Fördervereins Romanischer Kirchen. Er achtet streng darauf, dass die Zerstörungen und Entstellungen der jüngeren und jüngsten Vergangenheit beseitigt werden. Dass die mittelalterlichen Kirchen sich wieder in einem adäquaten Umfeld befinden. Ein weites Feld.

Jetzt fährt man – natürlich – mit dem Auto nach Münstereifel. Aus privaten Gründen bin ich zwei-, dreimal im Jahr hier für ein paar Stunden. Und dann alle vier oder Fünf Jahre zum Ehemaligentreffen des Gymnasiums. Das reicht.

Und ein Bekannter, dem ich von mir und Münstereifel erzählte, ja schwärmte, berichtete, indem er ständig Bad Münstereifel sagte, er sei über die Umgehungsstraße gefahren und sei an Bad Münstereifel bereits vorbei gewesen, ohne die Stadt richtig wahrgenommen zu haben. Dafür habe er erst wenden müssen und par-ken.

Und jetzt schwärmte er: vom Eifelbad, der Fußgängerzone, dem Kurpark und den stim-mungsvollen Laternen. Und leider sei die Stiftskirche geschlossen gewesen. Wegen Bau-fälligkeit.

(1988)

Schulzeit / Lebenszeit

Die dritte Strophe sangen „wie immer" die Abiturienten allein. Und so sangen wir:

Heute, da wir müssen reisen,
Michael, sei Reis-Gefährt,
Weg und Steg uns wollest weisen,
dass wir wandern ohn' Beschwerd!
Treuer Führer, geh zur Seite,
dass kein Unglück schaden tut,
auf all Wegen wollst begleiten,
bis im Grab wir finden Ruh!

Das war wie immer der Abschluss der Entlassfeier; das vierstrophige St.-Michael-Lied wurde stehend gesungen, Schulhymne, die keiner beherrschte und von einem Beipackzettel zum Abiturzeugnis abgelesen wurde. Die letzte Zeile der vierten Strophe „Führe all zur Seligkeit!" wurde anschließend sehr irdisch interpretiert, und wir suchten die Kneipen der Stadt auf.
Dieses „wie immer", von Guddorf so gesagt, galt dann sehr schnell nicht mehr. „Wie immer" war nur noch rückwärts gemeint, das Blatt mit der gesperrt gedruckten Überschrift „Altes St.-Michael-Lied" wurde weggeworfen, nur in einzelnen Exemplaren vergilbt es noch

in Aktenordnern; Direktor Guddorf ging in Pension, und wir verließen Schule und Stadt.

Zu Beginn des Schuljahres 1960 (Versetzungen fanden damals noch zu Ostern statt) wurden wir, das sind sechsundvierzig Zehn- und Elfjährige, frisch gewaschen, mit roten Backen und Ohren, zum Teil noch im Kommunionsanzug vom letzten Jahr, von unseren Eltern im ehemaligen Refektorium dem St.-Michael-Gymnasium zugeführt. Wir hatten zuvor eine leichte Vorprüfung bestehen müssen, wir sechsundvierzig hatten es geschafft. Die Aula war jetzt ungebührlich vollgepropft. Es sprach Direktor August Guddorf. Die Namen wurden verlesen, man stand auf und sagte Ja. Wir seien jetzt eine Klasse. Unser Klassenlehrer hieße Herr Kräling. Unser Klassenraum läge genau gegenüber im Erdgeschoss. Wir sollten jetzt dorthin gehen. Das taten wir dann. Wir begannen also mit sechsundvierzig Schülern. Dass wir nur Jungen waren, fiel uns gar nicht auf, wir hatten ja auch nur männliche Lehrer; Koedukation gab es auf der Volksschule, und die hatten wir ja hinten uns.
In der Sexta also waren wir sechsundvierzig; als unsere Klasse 1968 Abitur machte, waren wir neunzehn Schüler, davon dreizehn aus der

alten Sexta. Bleibt die Frage: Was wurde aus den anderen dreiunddreißig?

Wir gliederten uns in drei Gruppen: Es überwogen die Konviktoristen, dazu kamen mehrere Fahrschüler und einige „Städter", Münstereifeler also. Zu denen gehörte ich. Die Städter waren Söhne der Verwaltungsspitze, von Ärzten, Kaufleuten, eines Journalisten; und dann gab es welche, die nicht durch Position des Vaters „natürlich" aufs Gymnasium gingen, sondern ausdrücklich von der Volksschule empfohlen worden waren. Die Städter hatten es schwer, und beim Abitur 1968 war von diesem Jahrgang nur noch einer übrig.

Die Fahrschüler kamen mit gelben Postbussen aus Orten, die Buir, Frongau, Rupperath, Effelsberg und Nöthen hießen. Ihre alten Volksschullehrer hatten den Eltern den Bildungspfad hinab nach Münstereifel gewiesen. Diese Fahrschüler hatten die schwersten äußeren Bedingungen: sie mussten lange Fahr- und vor allem Wartezeiten in Kauf nehmen, und sie waren in ihren Dörfern ziemlich isoliert, waren noch Teil der Dorfgemeinschaft und setzten sich doch schon ab.

Die Konviktoristen kamen morgens im lockeren Herdverband durchs Orchheimer Tor gezockelt, deckten sich in der Bäckerei Krebs mit Teilchen ein und belegten die meisten Plätze in der Klasse. Sie saßen zumeist unter sich und hatten eine eigene Infrastruktur.

Internate kannte ich 1960 nur vom Hörensagen und lesen. Ich dachte zunächst, ins Internat kämen nur Schwererziehbare, Waisen, Schulversager und Kinder von Eltern, die dauernd auf Reisen sind. Dass Eltern keine Zeit für ihre Kinder haben, schien mir unglaublich. Ich war froh, damit nichts zu tun zu haben.

Später, als ich Jean Vigos Film „Zéro de conduite" sah, sich einige Konviktoristen durch langjährige Klassenkameradschaft, dann auch Freundschaft öffneten, verstand ich den bei einigen ehemaligen Konviktoristen übergangslosen Einstieg in umstürzlerisches, ja, anarchistisches Denken, auch Tun.

An einem Punkt beneidete ich sie: sie hatten alle immer alle Hausaufgaben, und die richtig gelöst. Womit das erreicht wurde, erfuhr ich erst später.

Nach zwanzig Jahren kommt mir die Schulzeit in der Erinnerung vor wie ein fließendes Kontinuum. Es gab in dem einen oder anderen Fach mal Schwierigkeiten, aber es gab auch

Hilfen, und die Schule trat einem nicht feindlich entgegen.

Doch, und das bleibt im Hinterkopf, wie war das bei den dreiunddreißig, die acht Jahre später nicht mehr auf der Abiturliste auftauchten?

Nun die Lehrer. Durch die eigene Berufstätigkeit als Lehrer und in der Lehrerausbildung ist mir – leider! – die Naivität gegenüber diesem Berufsstand verlorengegangen, und damit auch den eigenen Lehrern gegenüber.

Wenn man in Münstereifel richtig wohnte, also nicht Konviktorist oder Fahrschüler war, verlor man sehr schnell falschen Respekt vor den Lehrern. Man erlebt sie beim Einkauf, in der Freizeit, sah ihnen bei den Versuchen zu, ihre eigenen Kinder zu erziehen, man teilte mit dem einen oder anderen die gemeinsame Passion zu Musik oder Moorforschung, hütete bei einem weiteren abends die Kinder ein, kurz: Ein gemeinsamer Lebensraum führte zu vielfältigen Berührungspunkten und gemeinsamen Erfahrungen. Man wusste, wer gern einen trank oder wer Treue nur als eine Erscheinungsform von Ehe verstand, aber man nutzte das nicht aus. Lehrer waren auch Menschen, und wenn sie einen leben ließen, sollten beide Seiten etwas davon haben.

August Guddorf haben wir – außer in Vertretungsstunden nie im Unterricht erlebt. Er war aber in unserem Schulalltag immer präsent, er war unser „Herr Direktor", Lehrer waren andere.

Er kannte den Hintergrund aller seiner Schüler, und bei mir kannte er ihn sogar ganz genau. Wer auf das St.-Michael-Gymnasium ging, ging damit zur Schule von August Guddorf, ihm persönlich fühlte man sich anvertraut.

Ich war in der katholischen Jugend engagiert, und wie stolz war ich, dass Guddorf wie selbstverständlich bei unseren Elternabenden mit dabei war, uns zuhörte und zusah, was wir Katholisches und Jugendliches vorsangen und vorspielten.

Und Dr. Teichmann. Er ragte aus der Lehrerschaft heraus.

In der Erinnerung an meine Lehrer und in aktueller Kenntnis von Studienräten heute erscheint mir diese Berufssparte befremdlich: diese Studienräte wirken – mutatis mutandis – seltsam gebrochen: sind sie Pädagogen, sind sie die Vermittler von erreichtem Wissensstand in ihren Fächern, sind sie bloße Rezeptoren, hinter Medienwust Versteckte? Manche wirken wie in die Provinz geflohene Verschreckte der Universitätsstädte und Metropolen, auch Enttäuschte vom Wissenschaftsbetrieb, auch an ihren früheren, zu großen Zielen Gescheiterte. Viele Verwalter sind dazugekommen. Und alle kennen genau alle Besoldungsgruppen.

Dr. Teichmann war schon damals ein ganz anderer Lehrer. Er war ein Wissenschaftler. Wer wollte, konnte partizipieren.

Die „Exkursionen zum Quecken" in Sexta und Quinta, eigentlich kurze Spaziergänge hinters Johannistor, wurden zum Einstieg in Welt. Deren Wunder bekamen nun Namen wie „Vogelmiere" und „Knoblauchshederich". Wir zerrieben dessen grüne Blätter zwischen den Fingern, rochen und empfanden den Namen als berechtigt. Wir stiegen ein in die Naturwissenschaft.

Da ich nicht nur interessiert war an Dr. Teichmann und seiner Biologie, sondern mich auch gelehrig zeigte, durfte ich bald mit ins Moor.

Morgens händigte einem Dr. Teichmann die Bundesbahnfahrkarte bis Arloff und zurück aus (diese wunderschönen, hellbraunen Exemplare aus hartem, leicht gebogenem Karton mit gestanztem Aufdruck, dessen tiefschwarze Farbe oft noch feucht war und leicht verschmierte). Man traf sich nachmittags am Brunnen. Alle in Gummistiefeln, er in Knickerbockern, die jüngeren Schüler in kurzen Hosen, alle aber wetterfest gekleidet. Man trug Baskenmütze. Ich erlebte ein Orchideenfach, in dem es wirkliche Orchideen gab, in vielerlei Gestalt.

Dr. Teichmann teilte ein, jeder wusste, was zu tun war. Das Moor war zu retten. Und da bloße Appelle nichts nutzten, wurde wissenschaftlich gearbeitet. Besser umgekehrt: da die Bedeutung des Kalkarer Moores wissenschaftlich zu beweisen war, hatten Appelle eine unwiderlegbare Basis.

Anfangs bestand meine Tätigkeit darin, dem älteren Mitschüler Ulrich Anacker bei seinen Bodenuntersuchungen zu helfen. Dessen Ernsthaftigkeit war im Umkreis von Dr. Teichmann üblich. Ich lernte: man wird erwachsen, indem man ernsthaft ist und Wissenschaft betreibt. Schule und Leben.

Noch heute sehe ich in Träumen die gewaltige Kiefer auf der großen Wiese in der Nähe von Kurpark und Rechtspflegerschule. Ich war „Beschaffungsassistent" geworden und hatte Unterrichtsmaterialien herbeizuschaffen. Dr. Teichmann und meine vielen Vorgänger hatten genaue Listen erstellt, wo was zu beschaffen war, und alles in Klassenstärke. Die Fruchtfolge bei den Bauern der Umgebung war genau notiert und bekannt, man suchte also nicht vergebens die grannenlange Gerste und fand stattdessen Weizen.

In den Hundsbenden und teilweise auch in den alten, geborstenen Tretbecken im Kurpark fanden sich Trompetentierchen, mittels Pipette dem Unterricht am Gymnasium zugeführt. Und Kiefernblüten und -zapfen holte ich auf besagter Wiese zwischen Kurpark und Rechtspflegerschule. Wenn es mal spät geworden war, wirkte die Lichtung wie die in Antonionis „Blow up". Und wenn Wind aufkam, wogten die schweren, ausladenden Äste wie ein Berg, der zum Meer wird.

Ich kann nicht das ganze Kollegium der Zeit von 1960 bis 1968 beurteilen, aber unter den Lehrern, die ich hatte, gab es keine „Killertypen". Man war durchweg verständnisvoll, der „willige Schüler" (was ist das?) wurde gefördert, und wenn Eltern Einfluss hatten oder nahmen, wurde mehr gefördert. Auch bei Unwilligen.

Reaktionäre Äußerungen gab es nicht. Doch, eine ist mir in Erinnerung geblieben. Ein junger Studienrat war neu zu uns gekommen. In einer Erdkundestunde verknüpfte er den Bau der Umgehungsstraße am Radberg mit der schon damals wachsenden Arbeitslosenzahl. Wenn diese Leute schon staatlich unterstützt würden, hätten sie gefälligst diese Zahlungen zum Beispiel bei solch unbeliebten und schweren Arbeiten wie Straßenbau auch abzuarbeiten. Wir beschwerten uns bei unserem Klassenlehrer Kräling, der unsere Empörung teilte.

Bernhard Kräling hatten wir alle neun Schuljahre als Klassenlehrer. Er war neun Jahre unser Latein-, sechs Jahre unser Griechischlehrer. Er unterrichtete also am altsprachlichen Gymnasium die zentralen Fächer und war dementsprechend zu respektieren. Diese Position des Klassenlehrers, was er daraus machte, wurde von vielen von uns durchaus so verstanden. wie ich es heute am Elternsprechtag von türkischen Eltern erfahre: „Ein Kind hat zwei Väter: Ich, der leibliche Vater, sorge für Kleidung und Nahrung. Du, Herr Lehrer, du sorgst für die Bildung!"

Zu Heinz Küpper sage ich an dieser Stelle nichts. Nur dies: es war schon ein prägendes Erlebnis, einen Literaturunterricht zu erleben, der nicht bloß rezipierte, sondern der einen vorantrieb in vielem. Dazu noch ein Studienrat, der Bücher schreibt, ein Literat! Auch das konnte also Schule sein! Wichtige und typische Lehrer dieser Epoche hat Heinz Küpper in den letzten Jahren porträtiert. Diesen literarischen Denkmälern ist so nichts hinzuzufügen. Bleibt die Frage: Wer schreibt über Heinz Küpper?

Eine Anekdote sei erzählt. Damals orientierte sich der Schulsport fast ausschließlich am Leistungssport. Einmal gerieten die sommerlichen Bundesjugendspiele, die hinter dem Gymnasium im alten Wallgraben stattfanden, zur lächerlichen Karikatur. Bei den Laufwettbewerben ging es just so zu: Ältere Schüler, und das sollte das Verhängnisvolle werden, standen im Zielraum mit Tabellen und Stoppuhren; Kräling als gelernter Waffenträger markierte mit der Pistole den Start. Laden, Entsichern, Kommandos und Abschuss: Alles wurde zelebriert wie bei den Olympischen Spielen, und die Schüler trauten sich noch nicht einmal, die Startblöcke individuell einzurichten.
Und dann die Oberstufe am Zieleinlauf als feixendes Kampfgericht. Fast alle Zeiten wurden manipuliert, alle wurden immer schneller,

es drohte ein Weltrekord! Da rannte dann mancher Sportlehrer, der sich später als Connaisseur von Lebensart darstellte, schwitzend vom Start zum Ziel und retour und versuchte, durch Schreien, Drohen und Einschüchtern Chaos einzudämmen.

In diesem großen Rahmen fanden leider Bundesjugendspiele zu unserer Zeit dann nicht mehr statt.

Genug der kleinen Gemütlichkeit!

Die Verschärfung der sozialen Auseinandersetzungen Mitte der sechziger Jahre, die tiefgreifenden politischen Diskussionen um Deutschlandfrage, Verjährungsfristen für NS-Verbrechen, Mitbestimmung und vor allem die geplanten Notstandsgesetze, all dies blieb nicht extra muros, man las Zeitungen, diskutierte unter Schülern und mit Lehrern. Die Bereitschaft, auch zu tagespolitischen Fragen Stellung zu nehmen, wie und mit welcher Begründung, wurde mehr und sehr zum Maßstab, den man an die Lehrer anlegte. Wir wollten Bescheid wissen, und wo uns die Lehrer nicht halfen, nicht folgen wollten oder abwiegelten, besorgten wir uns eben selbst Informationen. Wir begannen, uns als Teil eines großen Umwälzungsprozesses zu verstehen. Auch die Beziehungen unter uns Schülern änderten sich. Alte Freundschaften zerbrachen, weil sie sich als zu wenig fundiert erwiesen – unterschiedliche Positionen hatten sich unter der Hand entwickelt und zu Unverträglichkeiten geführt. Andere Schüler, die man bisher gar nicht beachtet oder ganz anders eingeschätzt hatte, rückten ins Blickfeld.

Wir wurden also langsam erwachsen, und das in einer interessanten Zeit!
Wir begannen, Fragen zu stellen, zuerst an die Lehrer; aber da wir deren Hilflosigkeit und Ohnmacht bald erkannten, wollten wir an die Mächtigen selbst heran. Das klingt heute großsprecherisch, auch anmaßend, war damals aber durchaus so gemeint.
Manche Lehrer hatten geholfen, uns auf die Spur zu bringen. Und als wir dann selbstständig und angeregt durch die großen Diskussionen und Manifestationen in den universitären Zentren Neues und ganz anderes lasen als vorher, machten wir Entwicklungssprünge durch wie in geometrischer Reihe.

„Die Forderung, dass Auschwitz nicht noch einmal sei, ist die allererste an Erziehung." Dieser Satz Adornos in seinem Aufsatz *„Erziehung nach*

Auschwitz" führte uns zur kritischen Betrachtung unserer eigenen Erziehung und Schulausbildung. Wir machten uns Adornos Schlussfolgerung zu eigen:

„Die einzig wahrhafte Kraft gegen das Prinzip von Auschwitz wäre Autonomie (…); die Kraft zur Reflexion, zur Selbstbestimmung, zum Nicht-Mitmachen."

Die Auseinandersetzungen um die Verabschiedung der Notstandsgesetze, um ein zentrales Thema herauszugreifen, verstärkte eine Skepsis in die staatstragenden Parteien, Organisationen, Machtstrukturen und -organe. Wir sahen – wie Adorno –, *„indem man das Recht des Staates über das seiner Angehörigen stellt, ist das Grauen potenziell schon gesetzt."*

Schülermitverwaltung und interessierte Schüler fuhren einen Tag lang zu Informationsveranstaltungen in die Kölner Uni. Wir wollten dann ein erstes eigenes Teach-in in der Schule veranstalten. Guddorf war einverstanden, und wir lasen aufgeregt unsere dicken Manuskripte vor. Der „Kölner Stadt-Anzeiger" hatte in Fettdruck noch am 18.05.1968 gemeldet: *„Das Euskirchener Schulamt betont dazu, dass es sich nicht um eine schulamtliche Veranstaltung handelt."* Wenige Tage später fuhren viele Schüler mit Privat-

autos zur zentralen Demo gegen die Notstandsgesetze nach Bonn.

Die Beteiligten der SPD an diesen Gesetzen,
die Mitarbeit in der Großen Koalition führten
viele kritische Schüler direkt und ohne große
Umwege zur Außerparlamentarischen Opposition.

Vieles kam da zusammen: Ablösung von alten
Bindungen wie Elternhaus, auch Konvikt, erste Ausbruchsversuche aus der Enge Münstereifels, die Attraktivität neuer Formen von
politischer Aktivität und Einflussnahme, und
dann, und dies nicht zuletzt, das Unvermögen
der bisherigen Autoritäten, ruhig und vernünf-
tig zu reagieren. Anscheinend waren da noch
ganz wichtige Dinge angesprochen worden,
die sehr wehtaten. Die, die das Sagen hatten,
sahen für uns so schwach aus, „entlarvten
sich" – um in der Terminologie der Zeit zu
bleiben – als „Charaktermasken", als „Papier-
tiger", sodass es ein Leichtes war, diese zu at-
tackieren, zumal man solche Kapazitäten wie
Ernst Bloch auf seiner Seite hatte. Und dazu
machte das Ganze auch noch Spaß.

Das lief nun nicht alles so linear ab, wie sich
das hier liest. Vieles geschah gleichzeitig. Etwa

so: Man schwänzte schon mal die Schulmesse, man sah sich abends Hochhuths „Stellvertreter" an, las Martin Luthers Marienlob in Latein, ging pünktlich zur Schule, lernte nachmittags bei Kips Französisch, diskutierte das Vorgehen der Amerikaner in Vietnam, man fuhr samstags in Fahrgemeinschaft zu einem Heimspiel des 1. FC nach Köln, um den wunderbaren Wolfgang Overath zu sehen, man las Dutschke, Bloch, Adorno und versuchte zu verstehen, man hatte ein Mädchen ins Auge gefasst, das Freundin werden konnte, man lernte Bier trinken und ging auf Feten. Die Schule ließ uns an langer Leine, sie war unser vormittägliches Zuhause in vielerlei Hinsicht, einzelne Lehrer wurden uns Freunde.

Es wurde Zeit, Abitur zu machen.

1968. Das ist jetzt zwanzig Jahre her, fast die Zeit einer Generation. 1968 hatten wir ein Leben vor uns, das wir jetzt endlich selbst gestalten wollten. Unser eigener kleiner Aufbruch schien der einer ganzen Generation, die ganze Welt war uns im Umbruch begriffen. Und wenn ich heute meine Tagebücher und andere Notizen dieser Zeit lese, ist mir, als säße ich am Rande eines Sandkastens und sähe dem ernsten Spiel der Kinder zu. Erst lächelt man, dann schaut und hört man umso interessierter zu, man ist versucht, ordnend einzugreifen, bemerkt, dass diese Menschenkinder ganz andere Lösungen finden. Man sitzt ganz nah dran, und ist so fern, dass man heulen möchte.

Die Etappen, die man so durchgemacht hat in mittlerweile fast vierzigjährigem Leben, sind aus Gedächtnis und Dokumenten nicht mehr so einfach nachvollziehbar, manchmal bedrückt einen das Gefühl, allein die stoffliche Existenz sei das einzig Beständige im Leben.

Wir schwelgten in den großen Entwürfen aller Zeiten und aller Welt. Beendigung der Etappe Schule und Münstereifeler Provinz, Eröffnung aller Perspektiven in Großstadt, Universität, kultureller und politischer Aktivität!
Nach Köln umgezogen, immatrikulierte ich mich an der Uni in den Fächern Slawistik und Philosophie. Beweggründe zu diesem Studium waren naheliegende: Liebe zu russischer und anderer slawischer Literatur; und ohne Belegung des Faches Philosophie konnte ich mir eh kein Studium vorstellen. Eine Berufsperspektive hatte ich nicht.
Ans finanziellen Gründen musste ich sofort nach der Umsiedlung „jobben" gehen, und so

bekam ich bei Ford, im Finanzamt, in einem Hammerwerk, in einem Wirtschaftsinstitut, in einer Buchhandlung u.a. Einblicke in Bereiche unserer Gesellschaft, die ich bisher nur über Medien kannte.

Einen Tag nach meiner Immatrikulation ging ich zum Büro und Versammlungsort des Sozialistischen Deutschen Studentenbundes (SDS) in der Palanterstraße und kam direkt in die Auseinandersetzungen zwischen „Antiautoritären" (wenn man vergröbert: Dutschke-Flügel) und „Revisionisten" (Moskau-, DDR-, DKP-orientiert): letztere flogen aus dem SDS raus, ich schloß mich ersteren an.

Wie kam ich dazu? Ein liberales Elternhaus, durch frühen Tod des Vaters schneller selbstständig, eine katholische und weltoffene Erziehung in Schule und Umgebung (noch das *„Magnificat"* im Ohr: „Peposuit potentes de sede, et exaltavit humiles – Er stürzt die Mächtigen vom Thron und erhöht die Niedrigen"), Kenntnisse in Geschichte, Politik und Literatur und ein Verständnis von Intellektualität im Sinne Heinrich Manns, der 1910 schrieb:

„Ein Intellektueller, der sich an die Herrenkaste heranmacht, begeht Verrat am Geist. Denn der Geist ist nichts Erhaltendes und gibt kein Vorrecht. Er zersetzt, er ist gleichmacherisch: und über die Trümmer

von hundert Zwingburgen drängt er den letzten Erfüllungen der Wahrheit und der Gerechtigkeit entgegen, ihrer Vollendung."
(Heinrich Mann: Geist und Tat; in Macht und Mensch. München 1919)

Die Politik der USA in Vietnam und die der UdSSR in Prag waren zwei zentrale der außenpolitischen Gründe, politisch aktiv zu werden. Innenpolitisch die nicht erfolgte Entnazifizierung, die Vergangenheit des Kanzlers Kiesinger und die Beteiligung der SPD an der Großen Koalition. Wir fühlten uns in unserer Kritik am Bestehenden im Recht, waren wir doch nicht allein. In der ganzen Bundesrepublik, in allen wichtigen Ländern Europas, auf allen Kontinenten gab es Revolten und neue Aufbruchsstimmung.
Eine neue Internationale des antiautoritären Sozialismus schien sich anzukündigen, die durch das Abschütteln und Bekämpfen der leninistischen und real-kommunistischen Fesseln im ideologischen und organisatorischen Bereich Aufschwung und Zulauf erhielt. Unsere Programmatik hatte Dutschke so formuliert: *„Die wirkliche revolutionäre Solidarität mit der vietnamesischen Revolution besteht in der aktuellen Schwächung und der prozessualen Umwälzung der*

Zentren des Imperialismus: Unsere bisherige Ineffekti-
vität und Resignation lag mit in der Theorie. Die Re-
volutionierung der Revolutionäre ist so die entscheidende
Voraussetzung für die Revolutionierung der Massen."
(Bergmann, Dutschke, Lefévre, Rabehl: Rebel-
lion der Studenten. Reinbek b. Hamburg 1968)

Die bürgerliche Erziehung, die wir alle erfahren hatten, die theoretische Verkommenheit
und Dürftigkeit des linientreuen Sowjetmar-
xismus führten zu einem unendlichen Nach-
holbedarf an politischer Literatur. So wurden
„aufgearbeitet" (um nur einige Beispiele zu
nennen): die Frühschriften von Karl Marx, die
alten Anarchisten   (Bakunin,   Most),   Rosa
Luxemburg
(„Freiheit des Andersdenkenden"), „Geschichte und Klassenbewusstsein" von Georg Lukacs
(*„Die Verfolgung der Klassenziele des Proletariats*
bedeutet zugleich die bewusste Verwirklichung der —
objektiven — Entwicklungsziele der Gesellschaft, die
aber ohne sein bewusstes Hinzutun abstrakte Mög-
lichkeiten, objektive Schranken bleiben müssen"),
Hans-Jürgen Krahls Kritik und Fortführung
der „Frankfurter Schule", Karl Korschs Aufsätze zum Verhältnis von „Marxismus und
Philosophie", Frantz Fanons Aufruf an die

Völker der Dritten Welt, sich auf sich selbst zu besinnen („Verlassen wir dieses Europa").

Heute erscheint dies als ein Sammelsurium von Autoren und Schriften, damals war es Gebirge, uns wert zu besteigen.

Inwieweit die Studentenbewegung, das Jahr 1968, Schriften wie die oben genannten, die politischen Aktionsformen u.a. die politische Kultur verändert haben, ist von Kompetenteren schon untersucht worden. Da uns Politik nicht nur Theoretisieren, sondern auch aktives Eingreifen und Handeln war, blieb die Ablösung von Schule und Münstereifel bei einigen von uns nicht auf Wegziehen und Studienbeginn beschränkt.

In „*Rot auf Ockergelb*" hatten „*Schmieranten*" (Kölner Stadt-Anzeiger vom 11.01.1969) Parolen an den Wänden der Schule angebracht: Umbenennung des Gymnasiums in „*Karl-Marx-Schule*", die Frage „*Wem gehört die Schule?*" und ein mit Jakob Katzfey unterschriebenes Zitat: „*Die Erscheinung, dass bürgerliche Intellektuelle über unsere Schulen herrschen, darf auf keinen Fall fortbestehen.*"

Es ist immer noch erheiternd, den alten Zeitungsausschnitt zu lesen, in dem dieser angeblich von Katzfey, einem verehrten ehemaligen Schuldirektor, verfasste Satz interpretiert wurde: *„Der Satz ist wahrscheinlich vom Verfasser ganz anders gemeint gewesen, als ihn die Schmieranten verstanden wissen wollen. Bekanntlich war das Gymnasium ehedem eine Jesuitenschule und ist unter der Franzosenherrschaft der Säkularisation anheimgefallen. Daher liegt die Annahme nahe, dass Katzfey mit der Bezeichnung ‚bürgerliche Intellektuelle' den Gegensatz zu Ordensgeistlichen herausstellen wollte. "*
(Kölnische Rundschau vom 14.01.1969)
Was dem Zeitungsschreiber entgangen war: Der Satz stammte gar nicht von Katzfey, sondern von Mao Zedong.
Diese so kleine, aber für Münstereifel so große Aktion führte zu polizeilichen Untersuchungen zum Beispiel der Hände von Oberstufenschülern nach Farbresten, in Kollegium und Schülerschaft wurden große Grundsatzdebatten geführt, eine neue Zeitschrift „Kille, kille Katzfey" wurde gegründet.
Wenige Wochen später gingen wir zu mehreren zum VAMÜ-Treffen, diesem Verein ehemaliger Schüler, mehreren wir ja nun auch angehörten, und wir mischten uns in die Vorstandswahl ein. Die Überschrift im „Kölner

Stadt-Anzeiger" vom 04.06.1969 gibt noch etwas vom damaligen Klima wieder: „Die Auch-Ehemaligen schockierten die altwürdigen VAMÜ-Herren". Wir hatten Dokumente über die Vergangenheit einiger Vorständler mitgebracht und nach der gesellschaftlichen Relevanz von Schule und Ehemaligenorganisation gefragt. Dass wir auch Ehemalige waren, interessierte nicht, man witterte nur den Ludergeruch der Revolution. – Schade, uns als mittlerweile Arrivierte, zwanzig Jahre nach dem Abitur, interessiert eigentlich sehr stark, was heutige Schüler und junge Studenten denken und tun.

Das Kapitel Münstereifel war jetzt ganz beendet. Studium, Jobberei und politische Arbeit nahmen einen über Jahre voll in Anspruch. Ich arbeitete in verschiedenen politischen Organisationen und machte dabei prägende und entscheidende Erfahrungen mit. Mit dem Zerfall der linken außerparlamentarischen Organisation Mitte der 70er-Jahre beendete ich für mich eine Etappe der direkten politischen Arbeit. Das hatte – wie man es nannte – „ideologische" Gründe, vor allem aber die Erfahrungen organisierter Fehlinterpretation der wirklichen

Gegebenheiten in der Gesellschaft. Dazu hatte ich keine „Lust" mehr.

Und wie ein mögliches Resümee dieses ganzen Zeitabschnitts lese ich die letzte Strophe aus Wolf Biermanns Gedicht auf den Tod Rudi Dutschkes:

Mein Freund ist tot, und ich bin zu traurig,
um große Gemälde zu malen
– sanft war er. Sanft. Ein bisschen zu sanft
wie alle echten Radikalen.

Ich hatte inzwischen das Studium gewechselt, ich wollte Lehrer werden, und zwar bewusst an der Hauptschule. Adornos Auftrag an den Lehrerberuf war mir in Ohr und Kopf:

„Das Pathos der Schule heute, ihr moralischer Ernst ist, dass inmitten des Bestehenden nur sie, wenn sie sich dessen bewusst ist, unmittelbar auf die Entbarbarisierung der Menschheit hinzuarbeiten vermag."
(Tabus über den Lehrberuf, 1965)

Dazu kam die Entwicklung einer Position und Haltung, wie sie Georg Christoph Lichtenberg in einem Aphorismus unter dem Aspekt „Kritik der Schwärmerei" formulierte:

„Noch eine neue Religion einzuführen, die die Wirksamkeit der christlichen haben sollte, ist wohl unmöglich, deswegen bleibe man dabei und suche lieber darauf zu tragen, und gewiss sind die Ausdrücke Christi so beschaffen, dass man, so lange die Welt besteht, das Beste wir hineintragen können."

Gerade die pädagogische Arbeit an der Hauptschule kann einen fordern; einige aus unserer Abiturklasse haben diesen Beruf ebenfalls und werden es bestätigen. Wenn man bereit ist, sich auf diese spezielle Schülerschaft, dazu auch noch in einer Großstadt, einzulassen und einzustellen, hat man was zu tun.

Mir ist das jetzt ein sinnvolles Leben. Da ist auch „Glück im Kleinen" mit im Spiel, aber, wenn man es nun mal hat, sollte man es auch mit beiden Händen festhalten. Dazu gehören bei mir eheliche Partnerschaft seit fünfzehn Jahren und Vatersein über einen vierjährigen Sohn.

Ein Problem des Intellektuellen, und das kann auch mal ein Lehrer sein, ist, zwischen Sichabfinden und Sicheinfinden zu unterscheiden. Ersteres scheint als Tendenz vorzuherrschen. Resignativ stellt man in der Lebensmitte fest, was alles versäumt wurde, und dass alles unwiederbringlich vorbei ist. Der retartierende Leib hat den doch immer so weit davon- und voranfliegenden Geist eingeholt und droht, ihn platt zu walzen. Im Ekel vor sich selbst, in Projektion der Schuld auf Umgehung/Herkunft/mangelnde Chancen findet man sich ab. Sicheinfinden dagegen ist der kleine Versuch, für die zweite Lebenshälfte, wenn's denn so viel noch sein soll, noch Schwung der ersten zu retten und zu transformieren für neue Lebensqualitäten. Das muss so vage formuliert bleiben, da es nur ganz konkret und individuell zugeschnitten sein kann.

P.S.: Und SCHULE bedenkend, fallen mir zwei Fragen ein:
— Was wurde aus den dreiunddreißig, die mit uns dreizehn Abiturienten in der Sexta 1980 angefangen hatten? Wer hatte „Schuld"? Sie selbst? Eltern? Lehrer? Das Schulsystem?
— Und dann in Anbetracht der schulpolitischen Diskussion dieser Tage die Frage, die Januar 1969 an die Wand des Gymnasiums gepinselt worden war: WEM GEHÖRT DIE SCHULE?

(1988)

Gespräch mit Bernhard Kräling

Foxius: Fangen wir einfach mal so an. Als Sie 1960 unser Klassenlehrer geworden sind, wie ging das eigentlich damals vor sich: Bewarb man sich als Ordinarius?

Kräling: Nein, das ging eigentlich in so einem Turnus. Weil man gerade mit der Oberprima fertig war, fing man meistens wieder unten an. Falls der Chef einen dazu für geeignet hielt. Es gab welche, die taten sich sehr schwer mit der Sexta.

Foxius: Waren wir eigentlich Ihre erste Klasse, oder waren sie vorher schon einmal Klassenlehrer gewesen?

Kräling: Ja, ich war Klassenlehrer einer Unterprima und einer Oberprima gewesen; das war, als ich nach Münstereifel kam, die hatte ich in Latein und Griechisch und als Ordinarius.

Foxius: Ach so. – Ich habe mich auch mit anderen Leuten unterhalten, die meinten, das gäbe es ja sehr selten, dass man am Gymnasium Klassenlehrer ist von Sexta bis Oberprima, wie das bei uns war.

Kräling: Ja, das war auch so. Es wechselt an sich alle drei Jahre. ich hatte mir aber gewünscht, die Klasse zu behalten.

Foxius: Wie sehen Sie das jetzt im Nachhinein, hat sich das gelohnt oder würden Sie sagen, Wechsel wäre besser?

Kräling: Ja, das ist eine schwere Frage, oder vielmehr eine schwierige Antwort. Ich hab's gerne gemacht. Also, ich könnte nicht sagen, dass es sich nicht gelohnt hat. Aber das ist meine Empfindung, es käme ja nun darauf an, wie die Schüler das empfunden haben.

Foxius: Ich glaube schon, dass wir das alle als sehr positiv empfunden haben. Ich meine, das war ja sowieso das Prägende bei uns, dass wir sehr viel Kontinuität hatten; wir hatten ja eine ganze Reihe von Lehrern bis Oberprima. Ich glaube, das hatte doch mehr Vorteile als Nachteile.

Kräling: Ja, da kann man sich drüber streiten. Es gibt natürlich auch Leute, die sagen, möglichst bunt, damit man eine Vielfalt von Methoden und so was kennenlernt.

Foxius: Ich meine, wenn ich heute zum Beispiel aufs Gymnasium gehe und mich dort unterhalte, ist das ja gar nicht mehr nachvollziehbar, wie zum Beispiel heute Oberstufe organisiert ist. Da war doch bei uns noch so richtig heile Welt.

Kräling: Ja. Ja, diese Oberstufenreform ... Ich weiß nicht, ob Sie das damals gelesen haben in dem Jubiläumsband – ich habe das ja machen müssen, weil der Herr Schaake mich dazu bestimmt hat –, aber glücklich bin ich mit dem auch nicht. Und je länger es dauert, desto unglücklicher. Und zwar: Nicht nur fürs Gymnasium, sondern vor allen Dingen, weil dabei die Hauptschule, die an sich eine gute Schulreform war, oder ist, völlig ausblutet. Weil ja jeder, der ein klein wenig auf sich hält, schickt seinen Sohn aufs „Gyminasium" schickt und entsprechend, ja, das mag jetzt sehr arrogant klingen, entsprechend sinkt das Niveau der Hauptschule und das des Gymnasiums. Beides.

Foxius: Ich bin ja selbst Hauptschullehrer, und wir bemerken also auch, dass an den Grundschulen schon gesiebt wird, jeder, der noch lesen und schreiben kann, wird auf eine andere weiterführende Schule angemeldet, nur nicht auf die Hauptschule. Also, was man früher hatte, die alte Volksschule, wer da nach acht Schuljahren rauskam, der war weitaus gebildeter, finde ich, und fürs Leben fähiger als heute einer, der Mittlere Reife hat.

Kräling: Ja, ja. Sicher. Und es ist ja auch so – ich habe mal ganz boshaft gesagt, da hatte ein Mädchen bei uns das Abitur mit Eins (heutiges Abitur mit Durchschnitt von 1.0), und da hatte ich gesagt: Ja, das ist ja schön, aber diese Eins, die war zu meiner Schülerzeit ne gute Drei. Und zwar deshalb, weil wir praktisch in allen Fächern geprüft werden konnten, ohne das vorher zu wissen. Man wusste bloß, wenn man irgendwo wackelig stand, dass man da rein kam. Und in Biologie natürlich Rassenlehre. Aber sonst konnte einem alles Mögliche blühen. Man erfuhr ja nicht, wie man die Abiturarbeit geschrieben hatte, und davon hing es ja ab, ob man ins Mündliche kommen würde.

Foxius: So ähnlich haben wir es ja auch noch erlebt. Sicher schon etwas modifizierter, aber noch nicht mit diesem ganz großen Umbruch. Wenn die Leute heute Abitur haben, ja, was können die denn? Sind die dann spezialisierter, sind sie das wenigstens? Das sagt man ja immer: die wissen …

Kräling: Von immer weniger immer mehr?! Ja, also ich weiß nicht, da waren Sie schon nicht mehr auf der Schule, ich habe damals behauptet, jetzt erst – Sie wissen ja noch das Schimpfwort, das auch in Ihrer Generation sehr häufig war vom „Fachidioten" –, jetzt, jetzt kommt er. Sehen Sie mal, wenn mich jemand, der Deutsch als Fach studiert hat, allen Ernstes fragte, ob ich wüsste, wer Wilhelm Raabe ist, ja, ja, da hört's für mich auf. Ja, da geht's nicht mehr. Wenn einer sein ganzes Germanistikstudium nur mit einem einzigen Roman bestritten hat, von Hermann Hesse, ja, da komm ich nicht mehr ganz mit. Wenn ich denke, dass wir alle, die Altsprachler, unendlich vieles im Urtext lesen mussten, ich habe den ganzen Aristophanes gelesen, und das ist ne ganze Menge, und da lesen die einen Roman. Acht oder zehn Semester, oder vielleicht noch länger. Das versteh ich nicht.

Foxius: Haben Sie auch so den Eindruck, den ich habe, dass der Lehrkörper, grob gesagt, „dööfer" geworden ist? Oder dass die Allgemeinbildung auch da rapide abgesunken ist?

Kräling: Da darf ich fairerweise ja nichts zu sagen.

Foxius: Gut, dann werde ich es von mir erzählen. In meinem Kollegium – nun bin ich Hauptschullehrer und nicht Gymnasiallehrer, aber man kann es doch irgendwie vergleichen –, da ist es sehr schwierig, eine Tour d'horizon zu machen, von einem Fach ins andere zu hüpfen. Das können die meisten gar nicht mehr, und die interessieren sich auch nicht mehr dafür, sehen auch gar nicht die Problematik, dass es schön sein kann, von vielen Dingen Bescheid zu wissen.

Kräling: Sicher. Ich sagte ja eben, da hat man erst die Fachidioten herangezogen; vorher, das waren ja noch Geistesriesen. Verglichen mit denen. Die wussten doch Gott weiß noch was alles; von denen hatte ich jeden nach Wilhelm Raabe fragen können, etwas hätte er davon gewusst.

Foxius: Auch die Naturwissenschaftler.

Kräling: Sicher. Denken Sie mal an einen solchen Mann wie Doktor Teichmann. Rundum gebildet. Mit einem umfassenden und immensen Wissen, auch anderswo als in seiner geliebten Biologie und Mathematik, aber das ist wohl vorbei. Fürchte ich. Und was ich dann fürchte, ist, was da vorbei ist, lässt sich im Grunde nie mehr ersetzen. Wenn man zum Beispiel, wie die das nennen, diese Orchideenrächer abschafft. Bei uns im Dorf wohnt jemand, der ist Dozent für Tibetismus. Der arme Mann ist wer weiß wo rumgeflogen, bis er jetzt eine Stelle in Bonn hat, wo er auch noch nicht weiß, ob die bleibt. Sehen Sie, das wird überall abgeschafft, wobei man nicht bedenkt, dass sich das nicht wieder aufbauen lässt, wenn das erst mal weg ist.

Foxius: Das ist ja auch an den Universitäten so, wenn erst einmal ein Lehrstuhl für eine spezielle Fachrichtung wegrationalisiert ist, die kommt ja nie mehr wieder. Damit stirbt eine ganze Forschungsrichtung.

Kräling: Und es ist eben nicht nur der Lehrstuhl, es ist das ganze Institut, es ist die ganze Bibliothek, alles das, das verschwindet ja dann alles.

Foxius: Sie sprachen eben von Tibetismus. Ist Altgriechisch auch schon so was Ähnliches wie Tibetismus?

Kräling: Ja, ist jedenfalls ein Gentlemen-Studium. Söhne britischer Lords können das noch studieren.

Foxius: Sie sprachen eben über Ihren Beitrag an dieser Erinnerungsbroschüre 1975. Ich habe Ihren Beitrag gestern Abend noch mal durchgelesen und ich fand ihn sehr resignativ. Über die Situation der alten Sprachen. Das tut Ihnen immer noch sehr weh.

Kräling: Ja. Ich meine, weil ich einfach der Meinung bin, da sind Werte, die einfach nicht mehr beachtet werden. Ich meine das gar nicht weltanschaulich. Die kennt keiner mehr. Und grotesk wird das zum Beispiel, und das habe ich auch erlebt, wenn man mit jungen Theologen zu tun hat, Priesteramtskandidaten, die nicht mal mehr Latein können. Die haben so ein halbes Latinum und Graecum, gut, die haben darüber Schnellkurse gemacht, und da kriegen sie eine Bibel-Perikope vorgelegt, und da brauchen sie nur zwei Worte zu verstehen, da wissen sie ja, was kommt. Ich hoffe ja, dass sie so viel Bibel wenigstens noch kennen, dann können sie das ganz gut übersetzen. Dann haben sie ihr Graecum bestanden. Und damit ist dann Schluss. Und das ist irgendwie schlimm. Ich finde es wirklich schlimm.

Foxius: Abendland, das ist für Sie noch ein positiver Begriff?

Kräling: Ja.

Foxius: Oder ein Begriff, den man positiv füllen kann?

Kräling: Ja. Durchaus: Das soll also nicht heißen, dass ich jetzt so ein Ultrarechter bin. Das hat damit gar nichts zu tun.

Foxius: Das Faszinierende ist doch eigentlich, dass sich auch an unserem Gymnasium zwei doch an sich sehr unterschiedliche Welten sehr gut verstanden haben, einmal das Römisch-Katholische und einmal das Heidnisch-Klassische.

Kräling: Das hat es eigentlich immer getan. Das kam natürlich dadurch, dass in der Frühzeit der Kirche, also in der ganz frühen Zeit, sie sich aus dem Judentum löste und damit eben in die römisch-griechische Umwelt trat. Das können Sie ja ganz gut sehen, wie so was in etwa gelaufen ist, an der Aeropag-Rede des Paulus. Nicht, da haben Sie das Musterbeispiel dafür, wie da griechische, heidnische Begriffe adaptiert werden. Und das ist immer geschehen. Das sehen Sie in Germanien mit den Michaelsbergen zum Beispiel, die ursprünglich Donar- oder Wotanheiligtümer waren. Michael ist ja ein Krieger, da wurde das in eins gesetzt. Und das ist ja gar nichts Auffälliges, zumal ja zum Beispiel die Stoa auf den ersten Blick manche Gedanken äußert, die ja durchaus auch christlich sein könnten. Es bewegt sich ja doch vielleicht etwas aufeinander zu. Ob das für die Kirche gut war, dass sie so stark römisch geformt worden ist, kann man füglich bestreiten. Darüber kann man sich streiten. Heute geht ja der Weg anders, mit diesem fürchterlichen, für mich ganz unerträglichen Wort „Inkulturation". Womit man also, wenn ich es richtig verstehe, meint, die Kirche, oder vielmehr deren Glaubensinhalte, den Völkern der Dritten Welt auf deren Weise klarzumachen. Das finde ich sehr gut, bloß das Wort ist falsch, ist schrecklich. Das hat sich eigentlich immer gut vertragen: Antike und Christentum.

Sowohl in der katholischen als auch in der evangelischen Kirche. Wenn Sie an so prominente Gymnasien wie Schulpforta denken zum Beispiel, gleichzeitig eine Pflegestätte der alten Sprachen.

Foxius: Sie hatten sich doch eigentlich schon sehr früh für Ökumene interessiert. Auch im praktischen Tun. Ich weiß noch, dass ich Ihnen beim Registrieren half am Hl. Abend, zuerst in der evangelischen Kirche, dann ein paar Stunden später in der Christmette in der katholischen Kirche. Ja, was bedeutet das für Sie, Ökumene?

Kräling: Etwas ganz Wichtiges. Ökumene bedeutet den Auftrag, die Aufforderung, dass alle eins seien, zu verwirklichen. Soweit es überhaupt geht.

Foxius: Und wo bleibt da unsere Kirche, also die römisch-katholische?

Kräling: Sie kann ja auch bleiben. Sehen Sie, man muss nicht Einheit – ich weiß, was ich jetzt sage, ist Zukunftsmusik –, aber man muss nicht Einheit mit Uniformität gleichsetzen. Das sind zwei ganz verschiedene Dinge. Das können Sie ganz gut sehen an der anglikanischen Kirche. Das ist eine Kirche der vielen Variationen, aber das Credo beten sie alle gleich. Die feiern ja praktisch eine Messe.

Foxius: Vorkonziliar noch.

Kräling: Ja. Sicher. – Miteinander sprechen. Aufeinander hören. Nicht immer wieder: „Mit diesen Kindern spielen wir nicht!" – Natürlich: Es kann natürlich passieren, dass dabei, und das ist gefährlich, dass dabei Gleichgültigkeit entsteht, dass man sagt, das ist ja sowieso alles eins; das ist eine große Gefahr, aber missverstanden zu werden oder minimalisiert zu werden, die Gefahr hat der Kirche immer gegenübergestanden. Immer, auch früher. Und wenn Sie bedenken, was für Zustände zur Reformation geführt haben, da war sehr wenig noch wirklich Katholisches, auf weite Strecken hin jedenfalls. Ja, und da muss man aufpassen.

Foxius: Diese Diskussion „evangelisch-katholisch", ist das nicht schon eine Diskussion von vorgestern? Also wenn ich mit jungen Leuten spreche, die interessiert das wenig.

Kräling: Ja, das kommt meiner Meinung nach aber daher, dass diese jungen Leute heute – ich sehe das am Gymnasium ja auch, ich hatte auch mal einen Leistungskurs Religion –, dass die einfach zu wenig wissen von ihrer eigenen Kirche, und dann sagen sie, es ist alles egal. – Wie lautete ihre Frage?

Foxius: Diese Frage: Gemeinsamkeiten, Trennendes zwischen den beiden Kirchen, ist das nicht eine Diskussion Ihrer Generation, meiner vielleicht noch, aber die Jugend heute, die hat doch ganz andere Probleme.

Kräling: Ja, aber das ist doch kein Maßstab. Es geht schließlich da auch um die Wahrheit. Das muss man nun sagen. Und das kann man nicht einfach unter den Tisch kehren. Dann wird's nämlich wirklich Indifferentismus. Es sind einige ganz wichtige Fragen da. Das ist die Frage nach dem Amt, die würde ich als die wichtigste sehen. Nach der Einsetzung und nach der Wirklichkeit des Amtes. Daran hängt alles. Es gibt übrigens ein interessantes Buch, das habe ich vor ein paar Wochen gelesen, von dem Mainzer Bischof Lehmann, und Lohse, glaube ich.

Foxius: Dem ehemaligen EKD-Vorsitzenden.

Kräling: „Lehrverurteilungen – kirchentrennend?". Hoch interessant. Nun ist das natürlich – sehen Sie – ein Prozess, der in vierhundert Jahren sich so versteift hat, dass er nicht in acht Tagen aus der Welt sein kann.

Foxius: Ja, ist es denn nicht komisch: Wenn morgen der komplette Weltkirchenrat mit dem Flugzeug abstürzt, dann kommt das irgendwo auf Seite fünf in der Zeitung, wenn der Papst aber morgen krank wird, steht das auf der ersten Seite.

Kräling: Ja. Ja, das hängt wahrscheinlich damit zusammen, dass der eine gute Publicity hat und auch selbst dafür sorgt. Aber in der „taz" würde es sicherlich auf der letzten Seite stehen, wenn der Papst abstürzt oder erschossen wird. Aber das sagt mir nicht sehr viel. – Aber schon richtig: Der Weltkirchenrat ist natürlich in gewisser Weise ein amorphe Einrichtung, da sind so viele Leute, dass keiner richtig weiß, wer alles dazugehört. Aber in der katholischen Kirche ist das alles in der einen Spitze.

Foxius: Über den Papst kann man sich ja wunderbar aufregen. Da hat auch jeder eine Meinung zu. Selbst wenn es eine negative ist, aber er bezieht sich auf ihn. Und das hat ja auch einen Wert. Und die Leute setzten sich damit auseinander.

Kräling: Sehen Sie, das ist so, um einen unmöglichen Vergleich zu ziehen: Eines Tages entdeckt man, dass es außer der eigenen auch noch sehr hübsche andere Frauen gibt. Und Sie wissen, viele springen dann ab. Ich kannte in Köln einen alten Pastor, der sprach viel Kölsch, und der sagte in solchen Fällen immer, wenn einer zu ihm kam: „Jung, du weiß, wat de hess, evver do weiß noch nit, wat de kress!" Und das ist da genauso. Wie sagt Paulus: „Der Augenkitzel". Man weiß evangelischerseits durchaus zu schätzen, was das Lehramt bedeutet, das katholische Lehramt. Man fürchtet es aber auch. Andererseits gibt es Leute in der katholischen Kirche, die diese sogenannte „Evangelische Freiheit" auch sehr schätzen, gleichzeitig aber doch wieder Angst haben vor ihren Folgen. Die hatten doch in Hamburg, ich glaube, es war vor zwei Jahren vielleicht, einen Pfarrer Schulz, der da so drei Jahre lang gepredigt hatte, man sollte nicht an Gott glauben, das wäre Quatsch, den gäbe es nicht. Und was haben die für eine Arbeit gehabt, bis die ihn los waren. Das wäre ja bei uns eine Sache von einem Monat, allerhöchstens. Es gibt nichts, was ideal ist. Man kann genauso gut mit dem Lehramt Missbrauch betreiben, wie es oft genug geschehen ist. Aber man muss eben immer denken, was ich oft sage, die Kirche muss schon irgendwie göttlichen Ursprungs sein, sonst wäre sie bei all diesem Missmanagement längst eingegangen.

Foxius: Muss sie nicht oft bewusst reaktionärer oder retardierender sein als sie selbst weiß, einfach um nicht so schnell mitzufließen. Ich stelle mal folgende Hypothese auf: Ein Konzil wird einberufen, der Papst wird zurückgestuft zum bloßen Bischof von Rom, Zölibat wird abgeschafft: Was ist denn jetzt gewonnen?

Kräling: Ja. Ja, ich sag's mal: Was gewonnen ist, darüber wäre ich sehr froh, dass dieses imperiale Gehabe mit und um den Papst verschwunden ist. Primus inter pares, und nicht – das ist jetzt fürchterliches Latein – „primissimus". Und dann: Zölibat. Sehen Sie, Abschaffung des Zölibats ist ja nicht, dass jeder Priester heiraten muss, aber – und ich kenne welche – es wären hervorragende Leute, die könnten Priester sein, die es so nicht können. Das wäre auch ein Gewinn. Natürlich hat das Gefahren. Aber hat das Zölibat keine Gefahren?

Foxius: Nun gibt es ja auch Priester, die ein Verhältnis haben, was ja auch stillschweigend irgendwie geduldet wird. Es gibt ja auch eine Versorgungskasse für von Priestern gezeugte Kinder. Die liegen ja auch nicht auf der Straße rum. Aber Sie finden es eine Doppelmoral.

Kräling: Ja. Das ist schlimmer als alles andere. Ich kenne auch einige Fälle, wo da Sachen passiert sind, dass man sich an den Kopf fasst: „Wie ist das möglich?" Das ist etwas, was ich für ganz schlimm halte. Aber: Was wollen Sie machen? Das sind Strukturen … Wissen Sie überhaupt, auf wen der Zölibat letztlich zurückgeht?

Foxius: Nein.

Kräling: Auf die Cluniazenser. Und warum der dann eingeführt worden ist? Damit die Pfründe nicht vom Vater auf den Sohn vererbt würden. Also nicht einfach in Erbfolge, egal, was das für ein Knilch ist, sondern dass man dann einen fähigen Mann sollte wählen können. Das war eigentlich der Grund.

Foxius: Es ist ja auch häufig so gewesen, dass in adligen Familien ja selten der Erstgeborene oder Zweite Priester wurde, sondern die, die an weiterer Stelle waren. Das hat vielleicht auch zu einer gewissen Einengung geführt. Ja, jetzt haben wir uns über die Kirche unterhalten, spielt Kirche so für Sie noch eine wichtige Rolle?

Kräling: Für mich? Ja!

Foxius: Sie sind ja auch als Kölner natürlich gut katholisch erzogen worden. Sie haben wohl auch Katholizismus so richtig in der Familie noch erfahren. Das ist doch heute ein ganz großes Manko. Katholisches Leben, diese Alltäglichkeiten, die sind heute ja gar nicht mehr da. Deswegen fordern wir vielleicht von den Jugendlichen und Schülern viel zu viel, indem man sagt, akzeptiert doch die Kirche, das katholische Leben, die kennen das ja gar nicht mehr. Zur Beichte gehen, zur Kommunion, dass man an einer Prozession teilnimmt, das haben die ja gar nicht mehr erfahren.

Können Sie das mal so ein bisschen schildern, wie Sie das als Kind und Jugendlicher so erlebt haben?

Kräling: Ja. Das war mal erst wichtig: Die Familie betete zusammen, zu Tisch, laut, abends, wenn man schlafen ging, da ging die Mutter oder der Vater mit, und betete das Abendgebet. Ich habe auch andere Fälle erlebt, die zum Abgewöhnen waren. Aber das erzähle ich nachher. Dann natürlich gingen wir sonntags in die Kirche.

Foxius: Alle? Die ganze Familie?

Kräling: Ja. Dann wurde ich eines Tages Messdiener, erst wohnten wir in Ehrenfeld, da gehörte ich zu St. Anna, und dann hier, dann war ich hier Messdiener, in Hohenlind. Ja, und das habe ich versucht durchzuhalten; ach so, Schulmesse. Die gab's ja auch zuerst noch, wurde nachher verboten. Wenigstens so, wie es nachher hier bei uns wieder war, in der ersten Stunde. Und da hat unser Chef es organisiert, dass es vor der ersten Stunde war, und zwar immer in der Krypta von St. Kunibert, mehr kamen da nicht hin.

Foxius: Wo der „Kunibäts-Pütz" ist.

Kräling: Er war der Lektor dabei, immer. Und der Religionsunterricht war natürlich langst verboten, den hat er uns auch organisiert außerhalb der Schule, und da sind wir eine Stunde länger geblieben als sonst. Also nach der sechsten Stunde noch. Der Kaplan Falke, der war nach dem Krieg Regens vom Priesterseminar. Und das habe ich versucht auch während des Militärs durchzuhalten, soweit es ging, und nachher natürlich auch. Und es gab gar keinen Zweifel, dass man zur Kirche gehörte, oder ich, oder wir, unsere Familie. Obwohl mein Vater auch durchaus der Kirche kritisch gegenüberstand. So war das nicht, dass der also „Roma locuta, causa finita" gesagt hätte, aber im Grunde genommen gab es keine Zweifel an der Kirche. Da gab es den einen oder anderen Pfarrer, über den wir uns schwarz geärgert haben, da sind wir dann eben in eine andere Kirche gegangen. Weil ja damals etwas noch nicht, was ja jetzt erst kommt, weil ja alles kleiner wird, Gemeindebewusstsein, das gab es ja nicht.

Foxius: Dieses katholische Leben, sagten Sie, war so selbstverständlich. Da fällt mir jetzt eine Frage ein mit den Lehrern:

Kräling: Ach, noch was, katholische Jugend. Obwohl verboten, wir haben immer weiter bestanden.

Foxius: Waren Sie in einer katholischen Organisation, ND?

Kräling: Jungschar. Das wurde dann verboten, aber wir trafen uns doch.

Foxius: Früher hatte man so häufig den Eindruck, also ich als Schüler, dass die Lehrer katholischer und frommer waren als die übrige Bevölkerung; hat man heute eher den Eindruck, dass sie atheistischer oder agnostischer sind als die übrige Bevölkerung?

Kräling: Das ist schwer zu sagen. Ich habe neulich im „Kunze" – Sie wissen, was das ist, dieses Verzeichnis aller Gymnasiallehrer – einen bestimmten Mann gesucht und fand den auch, und da sah ich – da stehen immer die ganzen Lehrer einer Schule zusammen – in der ganzen Liste bei keinem Lehrer die Konfession

angegeben. Ob das jetzt bewusster Daten-
schutz sein sollte, oder was. Merkwürdig. Ich
meine, es gibt immer … wir haben auch einige,
da steht „o.B.". Und wirklich Praktizierende
gibt es bei uns nicht viele. Also frommer als
die andern? Nee!

Foxius: Wenn man sich heute noch bewusst
zur Kirche bekennt, gilt man dann als nicht
intellektuell oder gar als anti-intellektuell?

Kräling: Ja, also mir ist das noch nicht passiert.
Ich kann es daher nicht sagen. Eher als vielmehr gutmütiger Trottel. Nun ist das mit dem
Intellektuellen ein Begriff, der erst mal geklärt
werden müsste. Was schimpft sich alles intellektuell? Wenn ich so vieles lese, was da geschrieben wird, der gilt dann als „Intellenzler".
„Finis Germaniae" denk ich da manchmal.
Denn Intellektuelle nennen sich manche, die
selbst davon überzeugt sind, dass sie es sind,
während die Umgebung da oft gar nichts von
merkt. Dazu gehört ja nicht, verblasen zu
quatschen. Ich meine immer, da müsste man
auch ein bisschen wissen. Und zwar richtig
wissen, und nicht einfach so. Angelesenes
Zeug, das man denn sehr schnell ad absurdum
führen kann. So wie der Augstein zum Bei-

spiel. In der Weihnachtsnummer – ich habe diese Woche den „Spiegel" nicht – treibt der ja meistens Theologie. Das ist etwas, was mich immer köstlich amüsiert. Mit welcher Unbekümmertheit der da über Dinge redet, die er nicht entfernt begriffen hat. – Sehen Sie, wenn mich einer was über Atomphysik fragt, dann sage ich sofort, ich weiß das nicht, ich verstehe da nichts von, das ist viel zu kompliziert für mich. Aber über zwei Sachen reden alle mit: Das ist einmal Schule und Lehrer und das andere ist Religion, wovon sie noch weniger wissen. Wie sagt hier der Gefängnispfarrer, och, der Krankenhauspfarrer, der sagte mir, er sei überzeugt, dass noch lange nicht alle Ärzte, die hier seien, das Vaterunser können.

Foxius: Sie halten also eine gewisse ethische Grundlage für unumgänglich, also für selbstverständlich in jedem Beruf.

Kräling: Ja.

Foxius: Ist das eigentlich ein interessanter Beruf, den Sie haben: Lehrer? Würden sie den noch mal ergreifen?

Kräling: Ja. Jein: Rebus hic stantibus nicht. Wenn also die Schule so gewesen wäre, wie sie heute ist, als ich anfing, hätte ich es nicht gemacht. Wie sie vorher war, das ja.

Foxius: Was hat Sie denn da so gereizt, zum Beispiel in der Zeit, die wir gemeinsam erlebt haben? Was war denn das Schöne für einen Lehrer damals?

Kräling: Dass es Stunden gab, wo man sich hinterher sagen konnte, ja, die ist mir geglückt. Da ist mal richtig was bei rausgekommen. Und wenn du Glück hast, wissen sie es in vier Wochen auch noch. Ja, heute wissen sie es nach einem Tag nicht mehr.

Foxius: Der Unterricht ist doch heute viel lernzielorientierter, der müsste doch viel effektiver sein, wie die Schlagworte so lauten.

Kräling: Ja, eben. Das ist ein übles Schlagwort mit dem Lernziel.

Foxius: Da wird doch so viel „ in-geputet", da müsste doch auch was „out-puten".

Kräling: Sehen Sie, Lernziel ist, dass man unregelmäßige Verben kann. Das ist ein Lernziel. Ich würde zum Beispiel heute ein lateinisches Lehrbuch machen in zwei Bänden: In einem stehen nur die Aufgaben und die Texte, und in dem anderen sind die Vokabeln, und das mit den Vokabeln dürften sie nie mit in die Schule bringen. Sondern die werden für zu Hause zum Lernen aufgegeben. Jetzt: Die gucken alles nach. Jedes Vokabel gucken die nach, infolgedessen wissen die auch keins.

Foxius: Da ist ja nun auch eine andere Gewichtung in den Richtlinien, indem man sagt, das ist jetzt nicht mehr so das Wichtige, das Vokabellernen, sondern dass sie sie nachschlagen und mit den Texten umgehen können.

Kräling: Ja, das ist doch – Verzeihung! – dummes Zeug! Wenn ich keine Vokabeln kann, kann ich nicht mit dem Text umgehen. Wenn ich dauernd nachsehen muss, komme ich gar nicht dazu, den Gedanken, der da steht, zu verifizieren. Sehen Sie mal, weil wir heute im 20. Jahrhundert leben, ist ja nicht das Vokabellernen, was man neunzehnhundert Jahre gemacht hat, dadurch entwertet. Ich hatte ja jetzt eine dreizehn in Latein, die ich jetzt also abgegeben habe, weil ich aufgehört habe, da waren welche, die wollten Latein als drittes Prüfungsfach nehmen, das ist also noch schriftlich und mündlich; und da habe ich denen gesagt, ja, da sucht euch mal einen Prüfer. Wie? Ich prüfe euch nicht. Warum nicht? Wenn ich die Vorschläge, die ich euch geben könnte, guten Gewissens nach Köln schicke, da passiert zweierlei: Die einen von den Gutachtern, die platzen vor Wut, und die anderen lachen sich tot. Beides geht auf meine Kappe. Das ist doch ein Unding, so was kann man doch nicht. machen. Das war damals anders. So, jetzt kommt was raus, nächste Stunde sprechen wir noch mal über das Kapitel. Sie konnten ja auch einen Gedanken verstehen. Da erzählte mir jetzt neulich noch der Herr Reufels, der Chef, im Lateinbuch stand: eritis sicut Deus. Und da haben sie das übersetzt. Und da hat er gefragt: Wo kommt das her? Keiner! Keiner wusste das. Das erinnert so an den fatalen Witz, wo in der Peterskirche oben der Spruch steht „Tu es Petrus", und die deutschen Touristen kommen und sagen: Du, da stehen ja deutsche Worte!

Foxius: Ja, ich sehe also auch die Gefahr – ich muss ja auch mit meiner Meinung ein bisschen raus –, dass diese scheinbare Transparenz des Bildungssystems dazu führt, dass es viel elitärer wird; dass nämlich die Leute, die wirklich irgendwann mal Elite bilden werden, nur anders herangezüchtet werden. Es werden sehr viel weniger sein, als es früher der Fall war. Das finde ich eine ganz große Gefahr für die Gesellschaft. Da wird vorgegaukelt, mit dem Abiturzeugnis da sei man jetzt was, und man hat aber nichts.

Kräling: Und man ist ja auch nichts.

Foxius: Ja, und irgendwie schlägt die Gesellschaft ja auch unbarmherzig zurück, indem die Leute darin eben arbeitslos sind. Denn so viele Akademiker braucht eine Gesellschaft doch gar nicht.

Kräling: Das habe ich ja seinerzeit dem Picht auch gesagt, oder geschrieben, doch ich habe keine Antwort darauf bekommen.

Foxius: Wie war eigentlich das Verhältnis damals von Ihnen und Ihren Kollegen so zu Guddorf?

Kräling: Ja, eigentlich kann ich es nur von mir sagen: prächtig. Ganz prächtig.

Foxius: War das mehr der Vorgesetzte oder war er auch Kollege?

Kräling: Nein, der Vorgesetzte war er eigentlich gar nicht. Das sehen Sie schon daran, dass er wer weiß wie viele Sachen, die wir eigentlich hätten machen müssen, selbst gemacht hat. Bei dem ersten Abitur, das ich da hatte, da hat er mit mir die ganzen Abiturarbeiten durchkorrigiert, er mit mir, und mir gezeigt, wie man das am besten macht; wenn ich nachher gesagt habe, jetzt kann ich aber nicht mehr, das um 4 Uhr morgens, zumal der immer dabei einen ganz schweren Rheinwein auffuhr, da war ich wirklich weg und hinüber, ich musste ja um 7 Uhr wieder aufstehen, spätestens. Also, den Chef hat er selten rausgekehrt. Hatten wir ja überhaupt kaum welche. An dieser Schule.

Foxius: Nun ist ja die Frage, ob das überhaupt was bringt. Außer Einschüchterung. Wir wollen noch etwas über unsere Klasse, über unsere Generation reden. Wir sind ja alle in Münstereifel aufgewachsen und sind dann in die Universitäten reingekommen. Und das war doch für viele von uns ein sehr starker Umbruch. Wie haben Sie davon Kenntnis bekommen, oder haben Sie überhaupt etwas davon erfahren?

Kräling: Von Ihnen?

Foxius: Ja.

Kräling: Nein, eigentlich nicht. Sondern es passierte das, was immer wieder passiert, dass Leute auf der Universität auf einmal viel besser sind als auf der Schule. Einfach weil sie da all das nicht mehr machen müssen, was sie auf de Schule machen mussten, oder was sie nicht so besonders interessierte. Das habe ich also ein paar mal ganz eklatant erlebt. Auch in der Klasse, die ich davor hatte. Die also wirklich Senkrechtstarter waren. Und das war eigentlich erstaunlich. Aber sonst habe ich davon wenig gemerkt. Man hört ja nicht viel von den Leuten; die haben die Hände voll zu tun, zum Beispiel die meisten Klassentreffen, die finden erst regelmäßig statt so nach zwanzig Jahren. Wenn alle im Beruf sind, die ersten Startschwierigkeiten vorbei sind, dann haben sie auch Zeit dafür. Vorher wird das nichts; da treffen sich drei, vier, fünf Leute, die sind ganz enttäuscht; so zwanzig Jahre später, dann treffen die sich immer. Ich persönlich wurde nie zu so was gehen wie den VAMÜ-Treffen, das ist eine solche Vereinsmeierei, sondern mit der Klasse, einfach mit der Klasse zusammensitzen, einfach zusammensitzen. Hier würde man auch reden können, und nicht durch Reden unterbrochen und gestört werden. Der jetzige Vorsitzende, noch immer, tut das ja sehr gern.

Foxius: Das Interessante ist ja, dass von unserer Klasse noch nie jemand auf dem offiziellen VAMÜ-Treffen war.

Kräling: Nein?

Foxius: Das hat uns also noch nie interessiert. Wir treffen uns zwar zu diesem Termin, aber in der Stadt. Nicht auf diesem offiziellen Treffen.

Kräling: Ja, was soll einen da auch interessieren?

Foxius: Ich weiß auch nicht, was diese Ehrung von Silber- und Goldjubilaren soll.

Kräling: Deutsch. Vereinsmeierei.

Foxius: Sicher, da hat einer vor fünfzig Jahren Abitur gemacht, aber das bloße Faktum interessiert mich herzlich wenig.

Kräling: Eben, eben.

Foxius: Wenn ich den nicht persönlich kenne, interessiert mich das nicht.

Kräling: Das ginge mir ganz genau so. Sehen Sie, wir hatten mal, ich bin ja in einer Verbindung, Studentenverbindung, wir hatten mal so ein Jubiläum, da bin ich dann wohl hingegangen, und zwar weil der Heinrich Krone, der frühere Bundesminister, sprechen sollte. Da bin ich dann hingegangen. Ich denk, den willst du mal kennenlernen. So was, das ist dann natürlich ein Grund, der auch verständlich ist. Nicht aus vereinsmeierlichen Gründen, sondern aus Interesse, das ist mal ein interessanter Mann, oder vielleicht auch nicht; aber wir wollen erst mal sehen, was der zu sagen hat. Der hatte auch eine ganze Menge zu sagen.

Foxius: Nun waren Sie ja neun Schuljahre lang unser Klassenlehrer. Sie können ja die Klasse sehr gut noch einschätzen wahrscheinlich. Wenn Sie jetzt vergleichen mit anderen Klassen: War das jetzt – ich nehme das nur vom Leistungsniveau her – eine überragende, eine mittlere oder eine schwache Klasse?

Kräling: Eine gute.

Foxius: Wie äußert sich so etwas? Wenn sie jetzt sagen eine gute: Woran kann man das festmachen?

Kräling: Woran machen Sie's denn fest?

Foxius: Das ist natürlich eine böse Gegenfrage. – Ja, dass sie erstens den Anforderungen entspricht, wie sie gesetzt werden, und vielleicht noch darüber hinaus gewisse Qualitäten hat.

Kräling: Ja. So war das da auch. Wo wir manche Dinge aufgerissen haben, auf die man sonst nicht gekommen wäre, zum Beispiel unsere Prag-Fahrt. Die ist ja von Gerd Fischer ausgegangen. Ich hatte ja überhaupt nur einmal erwähnt, dass ich da mal war und dass ich das sehr schön fände, und solche Sachen, das war alles sehr ordentlich. Es war eine gute, auch im Leistungsniveau. Ist da auch keine schlechte Klasse gewesen.

Foxius: Sie haben mal überspitzt gesagt: Die Klasse ist faul, aber einig. Auf das „faul" will ich jetzt nicht eingehen, aber auf das „einig". Fanden Sie das als Klassenlehrer wichtig, dass eine Klasse …

Kräling: Ja, natürlich. Sonst ist das ja ein ganz disparater Haufen, mit dem nichts anzufangen ist. Wenn die sich gegenseitig in die Pfanne hauen, das ist ja nichts: Nein, ich fand die Klasse homogen.

Foxius: Jetzt sind wir wieder fast beim Anfang des Gesprächs. Diese Auflösung des Klassenverbandes. – Also, wenn wir uns erinnern an die Klasse, dann ist besonders stark die Erinnerung an die letzten drei Jahre, wo wir die Pubertät alle mehr oder minder erfolgreich abgeschlossen hatten, langsam wirkliche Erwachsene wurden, und wir auf einmal die Qualitäten erkannten, was es heißt, zusammen zu sein den Vormittag über. Ja, wie ist das denn für Sie als Lehrer, die Schüler als Ansprechpartner? War das damals anders als heute?

Kräling: Ja, sicher. Einfach deshalb, weil das nicht jede Stunde wechselte. Jetzt der Kurs, dann der Kurs. Und weil man einfach auch etwas mehr Zeit hatte, um schon mal ein Gespräch zu führen, das nicht unbedingt im Lehrplan stand. Ich glaube, das haben Sie auch bei mir erlebt, dass ich nicht unbedingt nur sagte, „Wir müssen weiter!", „Wir haben keine Zeit!", meine ich mich zu entsinnen, und das waren doch alles ganz wichtige Dinge, menschlich eminent wichtige Dinge.

Foxius: Ich fand es auch sehr wichtig im Klassenverband, gerade auch im Klassenverband, der langjährig zusammen ist, mit den gleichen Lehrern, dass man auch mal eine Stunde abtauchen konnte als Schüler, ohne dass man im Leistungsniveau absackte.

Kräling: Ja.

Foxius: Also, dass man sagte, ich mache diese Stunde einfach mal nicht mit, ich störe nicht, aber – wie man heute sagen würde – ich habe heute mal keinen Bock. Dass das auch irgendwie akzeptiert wurde, wenn der Schüler dann danach wieder voll da war.

Kräling: Ja, das haben wir ja auch schon gemacht.

Foxius: Ja, das wird aber doch heute ziemlich geleugnet.

Kräling: Von wem?

Foxius: Von der ganzen Konstruktion doch schon her: Wenn ich in einem Kurs bin, dann erwartet man ja von dem Schüler, aha, den hast du ja frei gewählt, da musst du auch „voll Stoff da sein".

Kräling: Ja, der Zahn ist ja längst gezogen. Es gibt Leute, die gehen in Mathematik mit ner Vier in den Leistungskurs. Weil sie denken, eben weil es ein Leistungskurs ist, dass sie da mehr lernen, dass sie auf eine Drei kommen. In Wirklichkeit kommen sie natürlich auf eine Fünf. Das sind immer solche Missverständnisse, die man eben nicht austreiben kann. Nein, das ist schon richtig. Es war eben überhaupt etwas humaner. Das ganze System. Sie wissen ja, wie man mit den Noten festgelegt ist – plus, minus, und, und, und. Das ist ja einfach fürchterlich. Da sitzt man manchmal tagelang und überlegt, ja, was ist es nun, ist es vier, ist es vier minus, denn, wenn es vier minus ist – das ist ja auch schon Quatsch, dann ist es eben nicht mehr ausreichend, vier minus reicht nicht aus.

Man hatte damals … ich fand das sehr gut. Man konnte, weil man ja auch den Schüler kannte, das ist der Vorteil der langen Jahre gewesen, ihn kannte, auch menschlich kannte, in seinem Leistungswillen, in seiner Kapazität kannte, dass man dann sagen konnte: „Dem gebe ich eine Vier, der schafft das schon."

Foxius: Also dass man eine Note einfach auch pädagogisch einsetzt.

Kräling: Ja, eben, eben.

Foxius: Und man sich diese Freiheit auch einfach nahm als Lehrer.

Kräling: Ja, ich habe es jedenfalls getan.

Foxius: Aber die wurden auch dann nicht eingeklagt, wie das heute schon mal passiert.

Kräling: Nein, jedenfalls mir ist das noch nie passiert. Ich wundere mich überhaupt, dass die Gerichte darauf eingehen. Das könnte ja nur Sinn haben, wenn Verfahrensmängel festgestellt sind. Aber er kann eine Note geben innerhalb des Rahmens, aus sonstiger Mitarbeit und schriftlichen Mitarbeit. Und es steht extra da: Es ist nicht zu mitteln. Wenn einer drei Klausuren drei schreibt, mündlich aber immer zwei oder zwei plus ist, da kann ich durchaus zwei plus schreiben, als Note. Und ich neige auch oft dazu, weil ich sage, die Klausuren, das sind punktuelle Leistungen, zu der nicht jeder jeden Tag imstande ist, gleichmäßig gut zu arbeiten, manche haben eben einen Horror vor Klausuren. Darum neige ich manchmal dazu, eben weil ich den Schüler kenne, zu sagen, gut, gehen wir nach oben, dann hat er's eben. Die Notengebung ist Sache des Lehrers. Da kann mir noch nicht einmal, wenn ich es richtig mache, mein Chef, noch nicht einmal der Oberschulrat reinreden.

Foxius: Hat der Druck der Eltern auf die Lehrer zugenommen?

Kräling: Ja, Druck? Sagen wir mal, ein hartes Wort, in vielen Fällen die Unverschämtheit im Umgang mit den Lehrern.

Foxius: Da wird man so ein bisschen als Dienstleistungsgewerbe betrachtet?

Kräling: Jo, als Kuli. Man hat dafür zu sorgen, dass das Kind Abitur kriegt; wenn es es nicht hat, dann kann es nur am Lehrer liegen.

Foxius: Ich würde ganz gerne mit Ihnen noch etwas über Musik sprechen. Das ist doch ein schönes Thema für Sie.

Kräling: Ja.

Foxius: Sagen Sie doch einfach mal so spontan, was Ihnen zu Musik einfällt. Warum machen Sie das überhaupt? Das ist doch nicht Ihr Unterrichtsfach.

Kräling: Ich hatte, als ich im letzten Schuljahr auf dem Gymnasium war, drei Berufsmöglichkeiten oder -wünsche, zwischen denen ich wählen konnte: Erstens wollte ich Handelsschiffsoffizier werden oder Musiker/Instrumentalist oder ... langsam ...

Foxius: Altsprachler.

Kräling: Nein, nein, nein! Da noch nicht! Noch mal: Musiker, Handelsschiffsoffizier und ... das weiß ich jetzt nicht.

Foxius: Priester?

Kräling: Nein, dann wäre ich Mönch geworden. – Na ja, dieses beides ging nicht: Deutsche Handelsschiffsflotte gab's nicht mehr,
und Musik konnte ich nicht studieren, ich
wollte Instrumentalist werden. Und zwar deswegen, weil kein Instrument da war. Mein Fagott hatte ich nicht mehr, und die Orgeln waren alle kaputt. Und dann kam ich auf die Idee
mit den alten Sprachen, weil ich das in der
Schule ganz gut gekonnt hatte, bin ich Lehrer
geworden. Ja, ich habe aber während des ganzen Studiums von Anfang bis zum Ende Mu-
sikwissenschaft belegt und auf der Hochschule
auch das eine oder andere gemacht. Ja, und
dann, nachher in den 50er-Jahren, bekam ich
dann ein Instrument, ein Fagott. Dann haben
wir fleißig geübt, dann habe ich in Aachen
Stunden genommen bei einem Solofagottisten
des Aachener Orchesters. Ja, und Orgel habe
ich eigentlich auch noch studiert, habe ich allerdings auch während des Krieges schon immer studieren können. Wenn ich ein Land-
kommando hatte, dann bin ich immer zu irgendeinem tüchtigen Organisten gegangen und
habe Stunden genommen. Ja, so ist das geworden, so bin ich ein Altsprachler geworden.

Foxius: Sie sagten eben, wenn Geistlicher, dann nicht Weltgeistlicher, sondern Mönch, also eher das Kontemplative: Ist Musik für Sie so etwas in Ihrem Leben?

Kräling: Das ist schwer zu sagen. Manches schon. Aber lang nicht alles. – Jetzt hören Sie mal was, was Sie wahrscheinlich noch nie gehört haben. Könnte ich mir denken.

(Kräling lässt Musik vom Band abspielen.)

Foxius: Das habe ich noch nie gehört.

Kräling: Das habe ich mir auch gedacht.

Foxius: Ein Spätromantiker?

Kräling: Ja, das war „Feierlicher Einzug der Ritter des Johanniterordens" für Orgel, Blechbläser und Streicher von Richard Strauss. – Nun zu Ihrer Frage: Das ist für mich keine meditative Musik. Das ist ein prachtvolles Stück, das ich auch nur so höre. Wobei sich für mich natürlich immer – da kommt man leider ja nicht vorbei – als halber Fachmann die Frage stellt, wie hat er's denn gemacht. Andere Musik ist durchaus meditativ für mich, zum Beispiel Olivier Messiaen, Bach, Bruckner, Brahms. Das kann man also so eigentlich nicht sagen, Musik ist für mich … Es kommt noch dazu, dass sich das manchmal ändert. Dass man manchmal eine Sache kennenlernt, zum Beispiel vor zwei Jahren, ich hatte das noch nie gehört bis dahin, die „Vier letzten Lieder" von Strauss, kennen Sie die?

Foxius: Nein.

Kräling: Drei haben Hesse-Texte, und das letzte hat einen Eichendorff-Text. Ich habe es zu Hause in einer wunderschönen Aufnahme mit der Lucia Popp und dem Klaus Tennstedt, dem armen Kerl, der ja auch nicht mehr lange zu leben hat. Ich schicke Ihnen mal eine Kassette davon. Davon hin ich hin und weg, wenn ich die höre. Das ist so eine Musik, die würde ich niemals in der Schule im Unterricht verwenden.

Foxius: Weil die Ihnen zu persönlich ist?

Kräling: Ja. Zu wichtig.

Foxius: Dass Sie Angst haben, dass da irgendein Schüler eine blöde Bemerkung macht, oder?

Kräling: Das könnte sein. Nein. Ich weiß, dass es nicht ankommt, weil es zu schwer ist. Man soll ja vor allen Dingen keinen überfordern. Für mich persönlich stellt Musik Vitamine dar, die ich unbedingt brauche. Wenn man das so sagen kann. Darum musiziere ich immer noch aktiv, solange es geht. Dies ist das erste in dreißig oder vierzig Jahren, kann man schon sagen, vierzig, fünfundvierzig, dass ich kein Adventslied gespielt habe und kein Weihnachtslied, weil ich dauernd hier war. Alles absagen musste. Keine Gottesdienste spielen konnte. Übrigens: Ökumene. Ich spiele in der evangelischen Kirche! In der katholischen will man mich nicht.

Foxius: Mit einer Begründung, oder?

Kräling. Das erste Mal habe ich bei uns in Rodert den Kram selbst hingeschmissen. (erzählt Details, dass evangelisches Mädchen nicht während der Kommunion spielen durfte) Jetzt spiele ich immer abwechselnd mit Frau Sassenscheidt. Jetzt ist sie natürlich wegen mir ein wenig aufgeschmissen. Da kann man nichts dran machen.

Foxius: Bevorzugen Sie ganz bestimmte Komponisten, oder sagen Sie, das hängt auch von Stimmungen ab, von Lebensaltern, oder machen Sie da auch so eine Rangfolge, also zum Beispiel Bach Nr. 1 und so?

Kräling: Jetzt wollen Sie die Schallplatte für die Insel haben.

Foxius: Ja, so ungefähr.

Kräling: Da habe ich aber keine. Das kann ich aber nicht. Da würde ich soundso viele andere zu Unrecht in die Ecke stellen. Es gibt Stücke, die mich zu Tränen rühren können. Ich habe zum Beispiel jetzt vor drei Wochen eine Schallplatte bekommen, Julius Patzak, wenn Ihnen das noch ein Begriff ist, das war ein Wiener, der hat sein ganzes Leben nicht eine Gesangsstunde gehabt, sondern eine Ausbildung als Kapellmeister. Von dem einige Strauss-Lieder, Orchester-Lieder. „Heimliche Aufforderung", „Ständchen", „Ich trag an meiner Minne", „Morgen wird die Sonne wieder scheinen", das kann mich auch zu Tränen rühren. Oder, ich habe eine uralte Aufnahme mit der Kathleen Ferrier mit den „Vier ernsten Gesängen" von Brahms und fünf Schumann-Liedern, das ist etwas, das kann ich nur allein hören. Da darf keiner bei mir sein. Oder zum Beispiel Matthäus-Passion. Die kann ich nicht mehr in einem Konzert hören. Da gibt es Stellen, da verliere ich die Fassung bei. Sie sehen, dass geht quer durch.

Foxius: Ich weiß, dass ich den Namen Nikolaus Harnoncourt zum ersten Mal von Ihnen gehört habe. Es hat diese Reformbewegung gegeben, auch in der Aufführungspraxis. Was sagt Ihnen das heute noch?

Kräling: Ich kann es nicht dauernd hören. Es erscheint mir zu maniriert. Es mag hundertmal stimmen, dass man zu Bachs Zeit so gespielt hat, aber wir leben ja heut. – Wenn der (N.H.) immer so französisch auftaktisch spielt, also die Eins so wahnsinnig betont, da geht das andere ja alles schwimmen, da klingt der Eingangschor der Matthaus-Passion beinahe wie eine Gigue. Das kann ich nicht haben, das erscheint mir einfach zu maniriert. Ich höre viel lieber, wenn ich Bach-Kantaten höre, Helmut Rilling.

Foxius: Gächinger Kantorei. – Können Sie sich vorstellen, dass es Kunstrichtungen gibt, wo mal fünfzig, sechzig oder hundert Jahre nichts an Fortschritt passiert?

Kräling: Ja, in unserem technischen Zeitalter schon.

Foxius: Es hat ja bestimmt schon früher Epochen gegeben, ich kann das jetzt nicht im Einzelnen belegen, wo es keinen qualitativen Fortschritt gab. Ich kenne es zum Beispiel aus der bildenden Kunst, dass man im Mittelalter vergessen hatte, wie die Römer ihre großen Bronzen gegossen hatten und man über Hunderte von Jahren keine großen Bronzestandbilder mehr machen konnte. Bis man es wieder ganz neu entdeckt hat. So etwas kann doch bestimmt einmal auch in anderen Kunstrichtungen einmal passieren.

Kräling: Unsere Begabung heute liegt auf dem Gebiet der Technik. Ganz eindeutig, Naturwissenschaften. Und vielleicht ist es dann so, dass für die Kunst nicht viel übrig bleibt. – Gibt es überhaupt religiöse Musik? Das frage ich mich schon seit Jahren. Ich habe bis heute kein Kriterium gefunden. Gregorianik, die hat was davon.

Foxius: Wenn Sie bei der Matthäus-Passion angerührt sind, ist das dann auch Ihr religiöses Empfinden? Ist es das Leiden Christi oder ist es etwas allgemein Menschliches?

Kräling: Nein, nein, das ist religiös. Ich kann das nicht begründen, aber das ist so.

Foxius: Es ist ja komisch eigentlich, dass für viele Menschen die Matthäus-Passion so ein jährliches Muss ist, da geht man hin, das ist irgendwie so ein Ersatzgottesdienst für viele Agnostiker.

Kräling: Ja, wundert Sie das? Das ist doch mit Weihnachten genauso. Ist doch auch im Grunde ein heidnisches Fest geworden.

Foxius: Ja, ich wollte eigentlich auf eine andere Richtung hinaus. Weil es von Bach formuliert ist, da kann man sich dann doch einmal religiöse Gefühle leisten.

Kräling: Meinen Sie, die hätten die? Oder ob es nicht darum geht: „Fischer-Dieskau hat den

Christus gesungen, und ich hab's gehört."?
Das gibt es auch, diesen Snobismus.

Foxius: Wenn Sie meinen, wir sollten aufhören, dann hören wir auf.

Kräling: Sind Sie denn zufrieden?

Foxius: Ja. Ich kann noch mal sagen, worauf es mir dabei ankam: Das war eigentlich, nicht nur über Schule zu sprechen und wie schön das alles damals war, sondern auch Ihr Spektrum ein bisschen zu dokumentieren.

Kräling: Was Lehrer für Menschen sind. – Sonderbare Menschen. Ist Ihnen das einmal klar geworden, dass das eine ganz abstruse Situation ist, die der Lehrer hat? Normale Menschen haben Kinder, ziehen die groß, die Kinder gehen aus dem Haus; der Lehrer fängt immer wieder mit kleinen Kindern an. Und das dreißig Jahre lang.

Foxius: Verkindscht man?

Kräling: Nein, aber man wird sonderlich. Ich weiß nicht, in welcher Hinsicht, aber …

Foxius: Es gibt ja diesen bösen Satz: „Wer nichts Vernünftiges wird, wird Lehrer."

Kräling: Ich kenne den anders: „Wer gar nichts wird, der wird Wirt, und ist auch dieses nicht gelungen, macht er in Versicherungen."

Foxius: Wir hatten das ja eben schon angesprochen: Der Lehrer als Dienstleistung. Ich meine, der Lehrer hat ja auch eine Dienstleistung zu erbringen.

Kräling: Ja, sicher.

Foxius: Aber es ist ja schon auch etwas Besonderes. Aber deswegen habe ich den Lehrerberuf nicht als Notnagel ergriffen, sondern bewusst dann doch gewählt, weil er einem Freiheiten gibt, finde ich, die man in anderen Berufen nicht hat.

Kräling: Ja, sicher, ganz sicher, bestimmt. Ich meine „Dienstleistung" wäre ja auch nicht schlimm, die Bezeichnung wird nur dann schlimm, wenn man sie auf eine Stufe stellt mit Liftboy und Schuhputzer und Straßenkehrer und Verkäufer.

(1987)

Vorwort zur Guddorf-Festschrift

„Das ist dein neuer Direktor", sagte mein Vater 1960, als wir August Guddorf, wohl in Höhe der Schwanen-Apotheke, sahen. Man begrüßte sich, und Guddorf umfasste mit seinen großen, warmen Händen meine kleinen und nahm mich so ein für sein St.-Michael-Gymnasium. 1968 erhielt ich aus seiner Hand das Zeugnis der Reife.

Wie oft hat uns August Guddorf während der Schulzeit ermahnt, VAMÜ-Mitglieder zu werden und das Nachrichtenblatt des Vereins zu lesen.
In ihren besten Jahren war diese Halbjahrespublikation so etwas wie das theoretische Organ des Gymnasiums. Guddorf hat seit 1953, seinem Dienstantritt, hier veröffentlicht.

Die vorliegende „Festgabe" versammelt zwei Gruppen von Texten Guddorfs:
— Bis zu seiner Pensionierung beschäftigt er sich in seiner Funktion als Direktor des St.-Michael-Gymnasiums nur mit Themen und Anlässen, die unmittelbar mit der Schule zu tun haben.

– Seit 1968 verlässt er diese Beschränkung und wendet sich nun in seinen VAMÜ-Artikeln dem Thema „Münstereifel" allgemein zu.

Immer wieder wird bei diesen Texten der Lehrer und Rhetor August Guddorf spürbar und ersichtlich. Man ist versucht, einzelne Passagen laut zu lesen. und dann sieht man ihn wieder vor sich, wie er in seinen Montagsansprachen vor der Schulgemeinde, im Unterricht (und hierbei vor allem bei Vertretungen) oder bei Besprechungen mit den Klassensprechern vor uns stand und ging und demonstrierte und an die Tafel schrieb, glühend und sprühend, voll Wissen und Drang, uns teilhaben zu lassen.

Wie geht Guddorf in seinen Texten nun vor? Nie bleibt er bei bloßer Schilderung stehen, er prüft, forscht nach, bringt sich selbst ein, wie man heute so sagt. Selbstbewusst formuliert er, was „nach *meiner* Meinung irrtümlich" ist, schreibt er nicht ‚liest man', sondern „lese *ich*". Dann aber: Gibt es andere Fachleute, tritt er zurück und zitiert ausführlich. Er drängt sich nicht vor, aber da, wo er gefordert ist, er sich gefordert sieht, ist er mit Kompetenz und Souveränität dabei. Seine Arbeit über die

„Glocken der Stiftskirche" ist hierfür ein gutes Beispiel. Vom damaligen Oberpfarrer Schäper beauftragt, für „drei neue Glocken den Text der Umschrift nach Inhalt und Form in lateinischer Sprache zu gestalten", entfacht Guddorf aus dem Fundus von dreitausend Jahren abendländischer Geistesgeschichte einen wahren Feuerzauber; eine intellektuelle Pflichtübung wird unter seinen Händen zu einem Meisterwerk.

Zu einer Glocke formuliert er in lateinischen Hexametern, bei einer anderen bezeichnet er Petrus und Paulus eigenwillig als „Doctores hominum in fide et veritate", dann bezeichnet er in einem Wortspiel die Einschmelzung von Glocken im 1. Weltkrieg als „für Kriegszwecke zweckwidrig verwandt", er beklagt die Selbstgerechtigkeit „in unserer Zeit", er fordert „ein Glockenohr", das „etwas wie eine Weinzunge" zu sein habe und endet in der Emphase des „beati sunt pacifici" aus der Bergpredigt:

„Mögen unsere Glocken nie mehr gezwungen werden, aus ihren Türmen herniederzusteigen, um, statt dem Frieden ihre Stimme zu leihen und ewiges Leben zu künden, als todbringende Rohre dem Krieg zu dienen und Geschöpfe

Gottes menschliche Wohnungen und Tempel des Herrn zu zerstören!"

August Guddorf war ein guter Lehrer, und so wusste er, was seine Schüler bewegte. Schon fast impertinent für seine Altersgenossen weist er auf Fragen hin, „die das Heute stellt". Bei der Verabschiedung des Konviktspräses Keppeler 1967 schenkt er diesem fast in stillem Vorwurf vier Bücher, die sich alle mit „heutiger" Katechese und Seelsorge befassen; er lässt im Nachdruck der Rede im VAMÜ-Nachrichtenblatt das Wort „heute" gesperrt setzen und erläutert, damit es auch ja kein Leser verpasse:
„Das Buch soll ein konstruktiver Beitrag zum aggiornamento sein, d.h. zur strukturellen Anpassung der Seelsorge an die Welt von heute."

Es scheint so, als ginge es Guddorf gerade in seinem letzten Dienstjahr 1967/68 darum, sich zu öffnen, nachzufragen, dem jugendlichen Aufbruch und Aufruhr 1968 in urbe et orbe als Lehrer und in Sorge um die Seelen zu antworten.

Am St. Josefstag (19. März) 1968 wendet er sich – soweit dies in einer kurzen Ansprache möglich ist – an die Schüler; er betont: „Wir denken nicht daran, Euch unnötige Fesseln anzulegen und Euch so in eurer freien Entwicklung zu behindern, freuen uns vielmehr über jede Eigeninitiative, die Ihr ergreift", er spricht von „gottgewollter Spannung – ohne Spannung kein Leben" und richtet seine ganze Kritik dann gegen Positionen wie den „Solipsismus eines Max Stirners", den er in ähnlichen Wendungen angeht wie dies Ernst Bloch in seinem Werk „Das Prinzip Hoffnung" tut.

Liebevolle Miniaturen zeichnet Guddorf von Frauen, die er persönlich kannte und die er als „liebe und treue Freunde" schätzte. Die Würdigungen von Mechthild Hendrichs, Berta Moll, Katharina von der Banck und Leni Asbeck (um nur die zu nennen, die in diesem Band versammelt sind) zeugen von großer Hochachtung und Zuneigung, jenseits aller feministischen Quotierung unserer Tage.

Wie ein roter Faden zieht sich durch die Aufsätze die Beschäftigung mit dem St Michael-Gymnasium. In seinem ersten Gruß an die Mitglieder des VAMÜ 1953 hatte Guddorf das reiche und kostbare Erbe betont, „das zu hüten und zu pflegen meine erste Pflicht und meine einzige Freude sein soll". Auf den wichtigen Aufsatz „Aus der Geschichte des St.-Michael-Gymnasiums" ist Heinz Küpper an anderem Ort („August Guddorf-Stoffsammlung zu einem Lobgesang") schon eingegangen. Dieser Monografie über Leben und Arbeit Guddorfs ist wenig hinzuzufügen.

Fast rührend ist es zu lesen, wo überall August Guddorf ehemalige Schüler und Lehrer seines Gymnasiums aufspürt, auch andere Menschen, die mit dem Gymnasium in Berührung kamen, und dadurch zu Objekten der Betrachtung und Darstellung z.B. im Nachrichtenblatt des VAMÜ wurden.

Die Nachrufe sind mir die liebsten Texte in diesem Bändchen. Hier legt August Guddorf noch einmal Hand an, er rückt zurecht, was sonst falsch oder schief erscheinen könnte, er zieht ans Licht, was sonst verborgen und vergessen bliebe. Er schreibt und spricht die Worte, die hier auf Erden noch zu formulieren sind, dann können Vorgänger, Kollege und Freund beruhigt „ihr Leben in die Hand des Schöpfers zurückgeben."

Köln, Weißer Sonntag 1994
Armin Foxius (A 1968)

Zinnober in Münstereifel

„Vor genau vierzig Jahren erschien die erste Ausgabe von ‚Kille, kille Katzfey' und am 09.01.1969 stand an unserer ehrwürdigen Anstalt der Name ‚Karl-Marx-Schule'", schreibt mir der Schriftführer dieses Nachrichtenblatts Dieter Graf. Ich möge einen Artikel dazu schreiben. Das tue ich hiermit, denn ich war ungefähr dabei.

1968 haben wir in zwei Klassen Abitur gemacht am St.-Michael-Gymnasium. Wir waren rein altsprachlich und nur Jungen. Ich war damals neunzehn, jetzt bin ich sechzig. Im Großvateralter schreibe ich was über Jüngelchen von damals.

Und wenn ich dieser Tage die Dokumente und Papiere, die Fotos aus der Zeit durchblättere und durchsehe, werde ich hineingesogen, und das waren doch wohl keine Jüngelchen, sondern auch schon Ich und Wir von heute.

Dass da viel passiert ist, auch Falsches, dass wir uns entwickelt, verändert, gedreht haben: geschenkt! Und doch: Da ist ein Ernst und Wille spürbar, oft schief liegend, einen aber berührend.

Denn das alles kam ja nicht von ungefähr.

Zweieinhalb Jahre vor dem ominösen Datum 1968 waren einige von uns noch mit roten Backen „Beste Jungenschaftsgruppe der Erzdiözese Köln" geworden, einer Mehrfachprüfung in naturkundlichen, praktischen und kognitiven Bereichen. Wir waren intelligent, fit, katholisch und jung. Uns konnte keener!

Morgens gingen wir in die Schule, nachmittags mit Dr. Teichmann ins Kalkarer Moor und jeden zweiten Samstag fuhren wir nach Müngersdorf zu Wolfgang Overath. Das Leben hätte immer so weitergehen können.

Aber wenn man aufgeweckt ist, bekommt man auch viel mit. In der alten Schulaula wurde stundenweise der Ausschwitzprozess aus Frankfurt übertragen. Wir jungen Leute saßen auf schwarzen Stühlen und bekamen die Geschichte unseres Volkes um die Ohren gehauen. In den Fernsehnachrichten sahen wir die tollen Amerikaner in Vietnam kleine Mädchen mit Napalm beschießen; wenige Jahre zuvor waren wir dafür, Kennedy heilig zu sprechen. Überall war Murren und Protest über die Große Koalition, mangelnde Opposition, Einschränkung der Demokratie durch die bevorstehenden Notstandsgesetze.

Einige, die vor uns Abitur gemacht hatten, kamen aus ihren Universitätsstädten zur Stippvisite kurz nach Münstereifel, hinterließen hektische Berichte und flammende Aufrufe, Flugblätter und Schriften, und waren schon wieder weg.

Die Eltern kamen einem so unwissend vor, so behäbig, so spießig, so reaktionär. Die Studienräte sagten nichts oder sprachen gegen diesen Trouble, oder bremsten, oder ließen uns allein, wie wir dachten.

Das Konvikt, dieses Internat vor dem Orchheimer Tor, empfanden viele als Knast, als Geist- und Seelenpein.

Als Rudi Dutschke angeschossen wurde, der Pariser Mai tobte, in vielen europäischen und nordamerikanischen Universitäten und Städten die Post abging, wollten wir dabei sein. Da kam uns das Abitur gerade recht. Noch die Glocke geläutet, und dann weg: nach Köln, nach Frankfurt, nach Berlin.

Wir gerieten in den Kampf um die Köpfe: Sozialisten, Anarchisten, Maoisten, Marxisten, Revisionisten, was weiß ich noch alles. Es waren herrliche Zeiten: Man nahm alles ganz ernst und dann doch wieder nicht, man ahmte Geschichte nach und parodierte sie, man las und redete, schrieb und schrie, und las und lernte tolle Weiber kennen (und ahnte noch nichts von der feministischen Revolte). Wie selbstverständlich fühlte man sich für alles zuständig, alle Bereiche des gesellschaftlichen Lebens in allen Ecken der Welt. Vielleicht ein Erbe der katholischen Prägung. Wir dachten uns so, als könnte man machen, was man wollte. Die Universitäten waren summende Bienenkörbe, man lebte im Überschwang und wollte alles umkehren und nannte es vom Kopf auf die Füße stellen. Man spielte mit der Revolution. Man nahm die Baukästen der Geschichte und schüttelte sie durcheinander.

Man wollte ja auch Spaß haben. So entstanden durch bloße Pinselei in Frankfurt die Karl-Marx-Universität und in Köln die der Rosa Luxemburg.

Wer wollte da noch zurück stehen?

Am 9. Januar 1969 fuhr man abends nach Münstereifel, schrieb (mit Pinsel!, nicht mit Spray) dem Lehrerzimmer gegenüber die Frage „Wem gehört die Schule?" Und unterhalb von Lehrerzimmer und Aula den Satz „Der Zustand, dass bürgerliche Intellektuelle über unsere Schulen und Universitäten herrschen, darf auf keinen Fall fortbestehen." Es war ein Zitat, wurde aber nicht dem Originalautor Mao Tse-Tung zugeordnet, sondern der Schulikone Jakob Katzfey. Das fand man bei allem revolutionären Ernst lustig. War's auch, wie das Gewinde der örtlichen Presse bewies, die den wahren Autor nicht erkannte und Katzfey retten wollte. Neben dem Eingangstor stand zum Abschluss der ganzen Aktion zur Stadt hin: Karl-Marx-Schule. Eigentlich kein unwürdiger Name; aber statt St. Michael?

Am anderen Tag, die Weihnachtsferien waren vorbei, gab's große Aufregung. Der Interimsdirektor Neuhaus war überfordert, die Schüler mussten antreten und ihre Hände auf Farbreste untersuchen lassen. Es wurden Flugblätter von Ehemaligen verteilt, die das alles begrüßten und die Schüler zu Aktion und Gruppenbildung aufriefen. Es gärte in der Schule, und die Schulleitung versuchte mit einem neuen Schülerorgan „Kille, kille Katzfey" die Bewegung in den Griff zu bekommen. Heinz Küpper in seiner Mehrfachqualifikation als Studienrat, Schriftsteller und Schülerversteher bat in einem Vorwort um freundliche Leser und nannte als große Aufgabe die Eroberung des aufrechten Ganges, Bloch zitierend.

Der 68er-Abiturient und heutige führende Radiologe René Rückner durchschaute dieses Unterfangen sofort und schrieb im April dem Schulblatt einen kritischen Leserbrief, bezog sich auf den lieben Titel und schloss: „Killt Katzfey!"

Kurz danach fand das obligate VAMÜ-Treffen statt. Diesmal von besonderer Bedeutung, da im Vorsitz Dr. Pünder (Ex-OB in Köln) von Dr. Renn (langjähriger stellv. Direktor in Münstereifel) abgelöst werden sollte. Ein Trupp Ehemaliger, der sich keck VAMANTSOZ (VAMÜ-antiautoritär-sozialistisch) nannte, ging mit roter Fahne und Dokumentensammlung in den Versammlungsort Aula und erregte Aufsehen.

Man drohte mit Rausschmiss (ging nicht wegen Vereinsmitgliedschaft und weil der Vater des rebellierenden Wolfram Hoffmann der Volksschullehrer Renns gewesen war), mit Zwangsumsiedlung wahlweise nach Ost-Berlin oder Peking (ging nicht: Denn angeblich kam man ja da gerade her: „Wir kommen alle aus dem Osten, Ulbricht/Mao zahlt die Reisekosten") oder begrüßte einen dann doch noch ganz nett und freundlich (Weihbischof Cleven, auf einen Aktenordner deutend: „Haben Sie da das Leben der Heiligen dabei?").

Pünder wurde vorgeworfen, mit einem portugiesischen Salazar-Faschisten im Uni-Senat zu sitzen, und Renn, er habe im Vorwort seiner Doktorarbeit mit seiner Wehrmachtszeit kokettiert („zur Zeit im Felde"). Nun ja; Pünder war souverän und leutselig, aber Renn hatte was Nervendes. Aufsehen gab's eh; eine ganze Seite im „Stadt-Anzeiger".

Damit war das Münstereifelkapitel zu Ende. Man hatte es denen daheim noch mal gezeigt, und damit Tschüss.

1988, zwanzig Jahre nach all dem, habe ich mit Heinz Küpper ein Bändchen unter dem Titel „Zeit in Münstereifel" herausgegeben, in dem einige erzählende und reflektierende Texte versammelt wurden. Es äußerten sich Abiturienten von 1968, die Ex-Lehrer Kräling und Wegener blickten zurück, Professor Anacker, selbst Abiturient unserer Schule, schrieb das Vorwort. Vor allem aber verfasste Heinz Küpper drei herausragende Kurzmonografien über Guddorf, Teichmann und Kuklok.

Damit sollte es genug sein.

Im Jahr 2000 veröffentlichte Heinz Küpper seinen Roman „Seelenämter". Im berühmten 16. Kapitel schreibt er über das Jahr 1968: „Immer wieder einmal auf dem Bildschirm wird Beate Klarsfeld den Parteigenossen Kiesinger ohrfeigen. Oft noch werden Bob Kennedy und Martin Luther King in den letzten Zügen liegen, werden Rudi Dutschkes Fahrrad und Halbschuh am Bordstein zurückbleiben, wird der Student Jan Palach auf dem Wenzels-platz verbrannt sein. [...] Nun ziehen diese Studenten hier unter Tüchern von verruchter Farbe durch die Stadt und rufen schlimme Wörter. Wieso gefällt mir das?"

(2009)

Münstereifel vor fünfzig Jahren

Im Herbst 1959 kam ich aus Eupen nach Münstereifel. Mein Vater hatte in Ostbelgien eine Zeitung herausgegeben und begann jetzt als Journalist beim Kölner Stadt-Anzeiger und unterrichtete nebenher für die Volkshochschule Französisch. Da hier zu Ostern versetzt wurde, ging ich noch einige Monate in die Marienschule und 1960 aufs St.-Michael-Gymnasium.

Den damaligen Stadtdirektor Derkum kannte mein Vater noch aus seiner Heimatstadt Malmedy, wo Derkum Anfang der Vierziger Jahre ausgebildet wurde. Der besorgte uns eine Wohnung in der Langenhecke, wo die Wohnung des Rektors Beilenhoff freigeworden war. Dessen Sohn Wolfgang (A 1962) studierte später Slavistik, und sein Enthusiasmus für das Fach brachte mich dazu, das dann auch zu studieren. Er ist jetzt Professor in Konstanz, und ich habe bald das Studienfach gewechselt.

Stadtdirektor und Bürgermeister residierten im Roten Rathaus und kümmerten sich um die Belange der Kernstadt. Alles, was extra muros betraf, gehörte zum Aufgabenbereich von Münstereifel-Land. Diese Verwaltung war dann auch entsprechend *vor* dem Werther Tor untergebracht.

Die Verwaltungsbürokratie in der Stadt war so straff und raumsparend organisiert, dass im Rathaus neben dem großen Ratssaal noch Platz war für das Verkehrsamt unten und oben unter dem Dach noch Raum für die Wohnung des Hausmeisters Ritzdorf und für Toni Hürtens Heimatmuseum. Und wenn ich heute den neuen Standort des Museums im Romanischen Haus betrete und mir die Objekte besehe, kann ich immer noch sagen, wo sie einst im Rathaus standen, und was Hürten dazu erzählte. Ihn durfte ich in den ersten Wochen meines Münstereifler Lebens bei den Ausgrabungen von Frankengräbern in Iversheim begleiten. Bevor ich später Slavist werden wollte, wollte ich Archäologe werden.

Die Kreissparkasse hatte ihr Gebäude auf der Kölner Straße, vor dem mittelalterlichen Tor, in Bahnhofsnähe. Das sollte wohl Weltläufigkeit darstellen. Die Post war noch die Bundespost und residierte in einem repräsentativen Gebäude in der Stadt. Daneben war eine Tankstelle. Zwei weitere gab's an der Friedhofsbrücke und gegenüber vom Konvikt.

Wenn ich mich recht erinnere, waren bis auf die Langenhecke alle Straßen noch gepflastert.

Da klapperten dann die Pferdehufe durch Orchheimer und Werther Straße. Zwei Pferde zogen Langholzwagen, die weiter oben in der Schönauer Gegend durch die Arbeit von Rückepferden und Holzknechten beladen worden waren. Die Fuhre ging zum Bahnhof, wo die Stämme auf dem Holzplatz für die Waggons zurechtgesägt wurden.

Handwerke habe ich noch richtig kennengelernt, althergebracht.

Es gab einen Schuster, der neben einer Schusterkugel arbeitete, mit Wasser gefüllt, die das Licht verstärkte und fokussierte. Er arbeitete mit Dreifuß, Hammer und Ahle, auf dem Metalltisch standen Blechdosen mit Holzpinnchen und Metallplättchen.

In der Gerberei an der Erft, die damals nicht „alt" hieß und keine Gaststätte war, sondern eben eine richtige und funktionierende Gerberei, arbeitete der freundliche Herr Höfer, Vater meines Klassenkameraden Willi. Ich habe noch heute den Lohegeruch in der Nase, wenn ich gegenüber vor dem Italiener sitze und Kaffee trinke.

Im Schaufenster des Schuhhauses Schmid stand ein gerahmtes Bild der 54er Weltmeister mit Autogrammen. Wie gern hätte ich das besessen! Während der WM 62 ging ich jeden

Tag hin und besah mir Hans Schäfer, den Kapitän des 1. FC , der in Chile noch mitspielte. Anfang der Sechziger sprach in der Aula der Rechtspflegerschule Herbert Zimmermann. Wir pilgerten hin und warteten, ja, auf was? Dass er seine legendäre Reportage uns noch einmal vortrug oder Dönekens erzählte? Nein, er sprach langatmig über Jugendförderung im Leichtathletikverband! Es gab dann wenigstens Autogramme. Heute würde ich ihn fragen, was er von seinem Neffen Christian Ströbele hält.

Sport war etwas ganz Wichtiges. Nicht nur Fußball. Die Olympischen Spiele in Rom 1960 verfolgten wir am Radio und spielten sie anderntags nach. Wir fragten uns gegenseitig Teilnehmernamen und Siegerzeiten ab. Mein Freund Bäne Heinen gründete die erste deutsche Sporttageszeitung und schrieb sie in drei Exemplaren eigenhändig. Die Fotos wurden aus Zeitungen ausgeschnitten und mit Mehlpapp eingeklebt. Unser Klassenkamerad, der spätere Pfarrer Bernhard Hoffmann, war der einzige Abonnent. Das Blatt stellte nach einer Woche sein Erscheinen ein.

Mit Bäne habe ich einmal in drei Tagen ein Verzeichnis aller innerhalb der Münstereifler Stadtmauer lebenden Menschen angefertigt. Wir wussten sie aus dem Kopf.

Als ich elf war, wollte ich später die älteste Tochter von Walram Schmitz heiraten, der hatte ein Haushaltswarengeschäft am Klosterplatz und belieferte uns mit Butangasflaschen. Meine Mutter petzte, Walram Schmitz ermahnte mich, als Voraussetzung gut in der Schule zu lernen. Das tat ich zwar, aber von anderen gesetzte Hürden mochte ich nicht. Da ich später den Kosmos Münstereifel verließ, vergaß ich die ganze Geschichte; fast.

Schwimmen lernte ich nicht im knallharten Sportunterricht, sondern so nebenher nachmittags bei Frau Schlierf; im „Goldenen Tal", wie es damals poetisch hieß.

Das „Café Heino" war früher das Rathauscafé von Peter Frohn. Hier versteckten wir uns, wenn wir die Schulmesse schwänzten, vor dem in der Stadt kontrollierenden August Guddorf.

Daneben lag noch lange ein Trümmergrundstück frei, in dem wir herumkrabbelten. Auf dem Schulhof in der Langenhecke spielten wir „Deutschland erklärt den Krieg gegen …", wobei es um Landgewinne in Fußlänge und -breite ging. Und: „Der Kaiser schickt seine Soldaten aus". Ging's beim Fußball zu wild her, nahm uns die Hausmeisterin Frau Vianden den Ball ab.

Einmal im Jahr stellte das Rote Kreuz Tafeln mit Bildern und Namen von noch Vermissten aus dem letzten Krieg vor das Rathaus. Manchmal sah man einen Einbeinigen, der Gitarre oder Mundharmonika spielte und, ja was?, bettelte?

Direkt am Anfang meiner Münstereifler Zeit wurde auf dem oberen Schulhof des Gymnasiums von einer Aachener Theatertruppe „Wilhelm Tell" aufgeführt, und ich stand neben dem Baum, wo ein Komparse den Apfel ohne Pfeil gegen einen Apfel mit Pfeil austauschte. Ach so ging das!

Uns gegenüber, auf einer kleinen Anhöhe, füllte Frau Habig im Keller ihrer Pension den Kräuterschnaps des Apothekers Stephinsky nach geheimen Rezepten ab. Wem das nicht mehr half, konnte das hundert Meter weiter gelegene Krankenhaus besuchen. Da es mitten in der Stadt lag, konnte man quasi Tag und Nacht und um die Ecke seine Kranken besuchen.

Frische Milch gab es in den Lebensmittelläden aus Zapfanlagen. Wir holten unsere Milch in unserer Straße bei Stenten, die hinter einem Torbogen einen kleinen Handel mit Molkereiprodukten unterhielten. Herr Stenten, wie auch der Malermeister Dick, trugen Schaftstiefel. Im hinteren Teil des Hofs wurden am späten Nachmittag die Milchkannen aufwendig gespült.

Bier holte man in den Wirtschaften noch bis in die Mitte der Sechziger im Siphon, einer größeren Glasflasche, die mit einem Gummischlauch und dem Hahn verbunden wurde. Die Kunst bestand darin, es möglichst wenig schäumen zu lassen.

Franz Moll hatte einen über die Stadtgrenzen hinaus bekannten Spielzeugeisenbahnladen. Der riesige Mann stand zunächst in einem kleinen Hexenhäuschen, dann in einem modernen Laden und erstaunte durch seine Fachkenntnis und seinen Humor. Gefragt, als was er denn Karneval gehe, sagte er: „Als Zwerg!".

Wenn ich mich recht erinnere, gab es sieben Lebensmittelläden, fünf Bäckereien, drei Metzgereien. Der Metzger Josef Schäfer war der erste, der auf dem Nummernschild seines Mercedes sein Namenskürzel umherfuhr: EU – JS. Im Geschäft hingen Schweine- und Rinderhälften, und da sie einen violetten offiziellen Stempel trugen, konnte gesundheitlich nichts passieren. Einmal in der Woche wurde die Metzgerei am hinterwärtigen Ausgang zum Kirchplatz angefahren und die Knochen und anderen Reste wurden aufgeladen. Uns Kindern wurde gesagt, die bestialisch stinkende Fracht käme zu Grevens Fettchemie. Im Laden saß der ausladende Großvater und drehte mit seinen Pranken Markbällchen, und seine Schwiegertochter kritisierte ihn, wenn sie zu groß ausfielen. Ein Viertel Pfund Fleischwurst kostete sechzig Pfennige, Jagdwurst siebzig. Und für Kinder gab's ne Scheibe obendrauf.

Was für Psychologen: 1962 flog ein Klassenkamerad aus Konvikt und Gymnasium; er hatte Bilderstöcke des Kreuzwegs auf dem Giersberg mit einer Eisenstange zerschlagen. Vor wenigen Jahren wurde er in Köln zu einer langjährigen Haftstrafe verurteilt; er hatte seine Frau mit einem Hammer erschlagen; auf Verlangen, wie er angab.

Es gab auch richtige Prominente. Den malenden Heuss habe ich so gerade nicht mehr erlebt, dafür aber unseren Ex-OB und VAMÜ-Pünder. Der Kölner Oberstadtdirektor Max Adenauer hatte hier ein Wochenendhaus und die Telefonnummer 123. Der Mitbegründer der NRZ und später als Ostberliner „Sudel-Ede" bekannte Leiter des „Schwarzen Kanals" Eduard von Schnitzler besuchte mehrfach seine Verwandtschaft in ihrem noblen Ambiente.

Die Geschichten mit den SPD-Granden und Graf Otto gehören in eine spätere Zeit.

***

Erinnerungssplitter. Hier was und da was. Man könnte eigentlich … Ja, ja. Ist schon gut.
Ich habe hier eine schöne Jugend- und Schulzeit verlebt.
1968 habe ich mich selbst ausgewildert und bin nach Köln gezogen. Tja, so war das. Damals.

(2009)

Eine Untat

Immer, wenn ich den frohgelaunten, über siebzigjährigen Uwe Seeler im Fernsehen sehe, empfinde ich Dankbarkeit. Herr Seeler hat mir und der Münstereifler Stichbahn einmal großen Ärger erspart.

An einem regnerischen und trüben Mittwochnachmittag Anfang Mai 1961 besuchte ich meinen Klassenkameraden A., wir wollten zusammen Fußball gucken. Seine Familie besaß ein Fernsehgerät, meine nicht. Es ging um das entscheidende Halbfinalspiel im Europapokal der Landesmeister zwischen dem Hamburger SV und dem FC Barcelona. Eigentlich tat diese Paarung uns Rheinländern weh, denn der HSV hatte sich im letzten Jahr im Endspiel gegen unseren 1. FC Köln durchgesetzt. Aber als Meister vertrat er dann doch die deutschen Interessen. Da beide Mannschaften ihre Heimspiele gewonnen hatten, stand jetzt ein Entscheidungsspiel in Brüssel an.

A. und ich trafen uns bei ihm zu Hause, direkt neben dem Gleis der Bahn hinter dem Übergang zur Otterbach. Er wohnte auf dem Gelände der Bundespost, wo deren gelbe Busse in einer großen, sanft konkav geschwungenen Halle gewaschen und gewartet wurden. Diese

Busse verbanden das Münstereifler Hinterland und die Sackeifel mit der Zivilisation, sie beförderten auch Päckchen hin und her und hatten neben der Eingangstür links einen Briefkastenschlitz.

Die Hausaufgaben waren gemacht, wir hatten schon mit einem Fußball gegen die großen grauen Tore der Garagen gedonnert, im Fernsehen war noch Flimmerschnee, und es gab nur ein Programm, das Deutsche Fernsehen. Es dauerte noch bis zur Übertragung aus Brüssel; was sollten wir solange machen? – Wir gingen hinter die Gebäude durch eine Hecke zur Bahntrasse. Groschen und Kronkorken hatten wir früher schon mal auf die Gleise gelegt, die waren dann platt und heiß. Aber es war sonst nichts passiert.

Wir lagen auf einer Böschung und überlegten, ob man eine Lokomotive mit Waggons zum Umkippen bringen könnte. Das war so ein dahergesagter Gedanke. Eine theoretische Überlegung. Aber da wir Langeweile hatten und noch Zeit, biss sich das bei uns fest. Der Zug wäre ja noch langsam, gerade aus dem Bahnhof heraus. Er hätte ja noch nicht Fahrt aufgenommen und flöge nicht über Hindernisse hinweg. Was für Hindernisse? Natürlich Schottersteine, die gab's ja im Gleisbett genug.

Sie müssten auf nur einem Gleis liegen, damit der Zug auch umkippe und nicht nur gebremst würde. Viel passieren könne aber nicht, da der Zug ja erst in der Anfahrt wäre; das beruhigte uns. Wohin würde der Zug umkippen? Wo müssten wir uns aufhalten, um alles zu sehen und zu erleben, ohne erwischt zu werden? Wo wäre ein geeigneter Fluchtweg?

Wir begannen Steine aufzulesen und auf einer Schiene anzuhäufen. Den Fahrplan kannten wir, wir hatten Zeit. Das war nichts Gutes, was wir taten, aber wir machten es gut. Die Steine hielten, blieben liegen. Für den Lokführer war die Stelle nicht einsehbar. Wir lagen unter der Hecke und warteten. Wir schauten uns nicht an und sagten nichts.

Da hörten wir die Stimme der Mutter von A., das Spiel fange an. Uwe Seeler habe schon den Wimpel in der Hand. Wir traten die Steine weg. Wenn wir schon nicht dabei sein konnten, sollte auch nichts passieren. Die Tat blieb ungetan.

(2012)

Kleine Welt/Großes Kino

Die „Kurlichtspiele" in den Sechzigerjahren

Vor fünfzig Jahren konnte kein Medium den Unterschied zwischen Welt und tiefer Provinz mehr verwischen als der Film, als das Kino. Erlosch das Licht in der Werther Straße, klarte Weitsicht und Welterfahrung auf. Man wurde in eine visuelle und akustische Umlaufbahn katapultiert, die alle bisherigen Kunst – und Informationserfahrungen hinter sich ließ.

„Die technische Reproduzierbarkeit des Kunstwerks verändert das Verhältnis der Masse zur Kunst. (…) Im Kino fallen kritische und genießende Haltung des Publikums zusammen." (Walter Benjamin 1939)

Über das Kino in Münstereifel kann jeder ehemalige Schüler des Gymnasiums etwas sagen, vor allem, wenn er wie ich in der Stadt und nicht im Konvikt wohnte. Das Kino hatte schon früh für die Wünsche und Sehnsüchte an die große, weite Welt das Autoquartett abgelöst. Und wenn man auf Hin- und Rückweg in der Werther Straße eine Peter Stuyvesant rauchte, entwickelten sich erste Vorstellungen von Erwachsensein und Sehnsucht in die Ferne.

Ein Filmabend bestand aus drei Teilen: Der „Fox' Tönenden Wochenschau", einer für das Kino wöchentlich neu produzierten Zusammenstellung von Filmberichten zu unterschiedlichsten Themen, mit einem Vorspann, wo Scheinwerfer wie suchende Finger Wolkenkratzer abtasteten, Karawanen durch schier endlose Wüsten zogen, Politiker sich zu wohl äußerst wichtigen Konferenzen trafen und Skispringer eben sprangen. Dann kam ein zwanzig- bis dreißigminütiger Vorfilm, oft als „Kulturfilm" angedroht, der das Balzen des Eichelhähers oder den Bau des Kraftwerks Kaprun oder die Apfelernte im Alten Land bei Hamburg zeigte. – Gab es Werbung, wurden Süßigkeiten verkauft? – Es folgte der Hauptfilm, jetzt war man richtig angekommen.

Manche gingen oft, guckten viel, hatten feste Plätze, dachten sich so ihre Welt und merkten nicht, dass es die des „Constantin-Verleihs" war. Über ein kleines Foyer wurde man eingeführt, in der Erinnerung ist mir der leicht abschüssige Saal groß, mit einer Bühne, auf der Theater gespielt werden konnte.
An Wochenenden gab es Doppelveranstaltungen. Da sah man dann Sachen außer der Reihe,

spezielle Vorlieben des Kinobetreibers, woher auch immer besorgt.

An einem Samstag schaute meine Mutter mit dem Ehepaar Beilenhoff „My Fair Lady", dann gingen die nach Hause, und ich blieb mit deren Sohn Burkhard noch für den „Spätfilm", die jetzigen Kultfilme von Roger Corman: „The Little Shop of Horrors" (1960) und „The St. Valentines Day Massacre" (1966) als Double Feature, mit Untertiteln.

Einige Jahre gab es in den „Kurlichtspielen" an bestimmten Abenden einen „Filmclub", in dem die großen und wichtigen Werke der Filmgeschichte präsentiert und nachher diskutiert wurden. Mein Schulkamerad Bäne Heinen besaß die 1965er Ausgabe der „Geschichte des modernen Films" von Gregor und Patalas, und so konnten wir sachkundig und auf dem neuesten Stand Orson Welles' „Citizen Kane" (1941) mitanalysieren.

„Wenn man wissen wollte, was im Kino lief, ging man zum Kino selbst oder man informierte sich an einem Schaukasten neben dem Lebensmittelgeschäft Melder vor dem Gymnasium. Das war ein besonderer Service für die Bürger in diesem Teil der Stadt, und ich erinnere mich noch daran, wie sorgfältig und schön dieser Schaukasten immer hergerichtet wurde. Als z.B. Jacques Beckers Film „Das Loch" von 1960 lief, war vor die Bild- und Textinformation eine schwarze Schablone befestigt, die nur das Loch des Filmtitels freiließ." (Zeit in Münstereifel)

Mehrere Male gingen wir auch vormittags mit der ganzen Schule ins Kino, ich erinnere mich noch an Vorführungen von „Der alte Mann und das Meer" (John Sturges, 1958), „Traumstraße der Welt, Teil 1 und 2" (Hans Domnick, 1958 ff.) und „Serengeti darf nicht sterben" (Bernhard Grzimek, 1959). Vor allem die Stimmung war ausgezeichnet, und die Lehrer versuchten, einigermaßen Ruhe und Aufmerksamkeit zu schaffen. Es ging ja schließlich um Weltliteratur, Weltregionen und Rettung der Welt.

Auch im Konvikt wurden Filme gezeigt, und einmal war ich als „Städter" dabei, als mich 1967 oder 1968 mein Klassenkamerad und Freund Bernhard Hoffmann mitnahm. Der gezeigte Film war für uns beide ein Schlüsselerlebnis: Pier Paolo Pasolinis „Il vangelo secondo Matteo" von 1964. Wir waren vor allem von dem Laiendarsteller des Jesus und der

Schnitttechnik bei der Bergpredigt und anderen Zitaten hin und weg, das war für uns nach all den Jahren schulischen Religionsunterrichts mal eine ganz andere Wegweisung zur Christusnachfolge. Für Berny war es einer der Gründe, Priester zu werden, für mich, mich politisch links zu engagieren.

In dem Erinnerungsbändchen „Zeit in Münstereifel (1960–1968)" schrieb ich 1988: „Das Kino in Münstereifel war nicht nur das Fenster zur Welt, es war die Welt selbst. Als das Kino zugemacht wurde, holte man sich mit dem Supermarkt nur das aktuelle Warenangebot einer Kreisstadt."

(2013)

Langenhecke 4 und ich

1968, also vor fast fünfzig Jahren, machte ich mein Abitur am St.-Michael-Gymnasium, damals noch eine staatliche Schule. Dann zog ich zum Studium nach Köln. Jetzt war meine Jugendzeit zu Ende. Jugend und Münstereifel sind für mich Synonyme.

1959 war meine Familie aus Belgien, wo ich meine Kindheit verbracht hatte, nach hier umgezogen. Mein Vater, der aus Malmedy stammte und in Eupen eine deutschsprachige Zeitung geleitet hatte, die aber dann eingegangen war, hatte eine Stelle beim Kölner Stadt-Anzeiger gefunden und berichtete nun über diesen Teil der Voreifel. Da wir im Herbst umgezogen waren und im Gegensatz zu Belgien hier das Schuljahr nach Ostern begann, musste ich bis zu meinem Eintritt in unsere Schule 1960 noch ein halbes Jahr warten und ging oben auf die Marienschule zu Herrn Beilenhoff.

Der hatte auf der Windhecke gebaut und machte die Rektorenwohnung im Schulgebäude auf der Langenhecke frei. Dies wurde dann unsere Wohnung. Diese städtische Wohnung hatte uns Stadtdirektor Heinrich Derkum besorgt, der meinen Vater aus Malmedy kannte, wo er Anfang der 40er-Jahre eine Zeit seiner Verwaltungsausbildung verbracht hatte. Er ist mir noch als großer Kaffeekonsument (vom Café Frohn ins Rathaus gebracht) und Karl-May-Leser und -Kenner in Erinnerung.

Von dieser Wohnung in der Langenhecke Nr. 4, wie die Adresse damals lautete, war es ein kurzer Weg zum Gymnasium. Ich war stolz, „Städter" zu sein und nicht zu den Konviktoristen zu gehören, die woher auch immer stammend im „Kasten" in einem Internat interniert und gehalten wurden und morgens im Herdverband zur Schule zockelten. Und erst recht nicht zu den vagabundierenden Fahrschülern, die, auch: woher auch immer, aus dem Käffern der nahen und weiteren Umgebung mit gelben Postbussen herangekarrt wurden.

Als Städter kannte man die im Ort lebenden Lehrer, ihre Familien, ihre Vorlieben und *dark sides*; und da sie wussten, dass man das wusste, war dies kein Nachteil. Und man hatte schon ein anderes Leben: Wenn die Konviktoristen bei Einbruch der Dunkelheit wieder in den Kasten mussten, ging unsereins erst raus und suchte die Kneipen auf.

***

Kommt man vom Bahnhof her über die Kölner Straße, rechts die Sebastian-Kneipp-Promenade hoch, und biegt durch den Durchbruch der Stadtmauer in die Langenhecke ein, sieht man auf der linken Seite in der Folge drei markante Gebäude. Das Marienheim aus dem Jahr 1873, ein ehemaliges Krankenhaus, von Cellitinnen aus Köln geleitet. Jetzt ist es ein Altersheim, in dem mein Direktor August Guddorf seine letzten Lebensjahre verbrachte und wo Heinz Küpper und ich ihm unser Bändchen „Zeit in Münstereifel" 1988 überreichen konnten. Dann, wenige Häuser weiter, das Romanische Haus, das jetzige Hürten-Museum, zu dessen Erhalt mein Vater in seiner journalistischen Tätigkeit beigetragen hatte. Weiter: Nach der großen Freifläche des Klosterplatzes das große, elegante Schulgebäude auf dem Grundstück Nr. 4, das Objekt unserer Betrachtung.

Das Gebäude, direkt als Schulgebäude geplant und 1857 erbaut, wirkt im Stil zeituntypisch, in seiner Schlichtheit und Klarheit fast „modern". Für die eigentlich kleine und niedrige Bebauung der Straße wirkt es zunächst zu massiv, aber durch sparsam gesetzte Blendbögen und vertikale Lisenen wird das Blockhafte aufgelöst. Und durch den höheren gegenüberliegenden Bücklers Berg mit seinen villenartigen Pensionen zur einen und durch die langestreckte romanische Kirche Chrysanthus und Daria zur anderen, stadtzentralen Seite hin wird dies zu einem gelungenen Ensemble.

***

Wir wohnten hier mit fünf Personen, Vater, Mutter, Großmutter, meine Schwester und ich, auf der ersten Etage. Vor der Etagentür gab es noch einen Klassenraum und wo meine Schwester bei Fräulein Scheeben das erste Schuljahr besuchte. Auf der zweiten Etage, unter dem Dach, waren zwei Schlafräume. Im Speicher hatte sich mein Vater eine Dunkelkammer eingerichtet, wo er seine Pressebilder entwickelte. Auf der anderen Seite oben wohnte die Hausmeisterin Frau Vianden mit ihren drei Kindern, von denen ein Sohn, ein Bäcker, 1960 nach Australien auswanderte, was mein Vater journalistisch von der Heimat aus begleitete. Auch durch eine Veröffentlichung in der Zeitung wurde erreicht, dass auf dem Speicher eine Toilette eingebaut wurde und die Hausmeisterfamilie nicht immer ins Erdgeschoss laufen musste.

Frau Vianden war sehr fleißig und verdiente sich noch ein Zubrot, indem sie nachmittags in der Milchhandlung Stenten schräg gegenüber die großen und schweren Milchkannen reinigte.

Im Parterre befanden sie die zwei Klassenräume der evangelischen Volksschule, deren Hauptlehrer Gebhardt in der Pause würdevoll auf dem Schulhof daherschritt.

Von meinem Schlafzimmer oben konnte ich gegenüber Frau Habig in ihrer Pension bei der Arbeit sehen, wie sie sommers auf der Terrasse eindeckte. Sie trug immer einen weißen Kittel und besorgte nebenbei die Herstellung und das Abfüllen des Kräuterlikörs „Stephinsky", benannt nach einem Apotheker und Ehrenbürger.

Die beiden Schlafzimmer oben waren ungeheizt, nur an ganz kalten Wintertagen stellte meine Mutter ein elektrisches Heizgerät hin.

Die Wohnung auf der ersten Etage wurde mit Öfen für Braun- und Steinkohle geheizt. Die Briketts wurden per LKW angeliefert und über den Schulhof vors Kellerloch geschüttet. Ich stapelte und stivvelte die Klütten im Keller zu Mauern und bekam dafür zwanzig Pfennig pro Zentner.

Ich empfand die Wohnung als geräumig: Wir hatten zwei Wohnzimmer, von denen mein Vater eins als Arbeitszimmer benutzte, dann ein Esszimmer und daneben die Küche, die das gesellige Zentrum der Wohnung war. Irgendwie wurde von Oma und Mutter ständig gekocht, gebacken, eingemacht, gebügelt, später auch mit einer halbautomatischen Miele-Bottichmaschine gewaschen. Und abends setzte sich mein Vater oft mit seiner Schreibmaschine dazu und genoss den Trubel.

Es gab ein schmales Badezimmer mit Klo, Waschbecken und einer Badewanne, deren Wasser von einem klüttenbeheizten Boiler gewärmt wurde. Direkt hinter der Etagentür war ein Zimmer, das als Spiel- und Gästezimmer benutzt wurde.

***

Mein Vater starb am 17. August 1961 oben im Schlafzimmer. Er wollte um 4 Uhr früh aufstehen, um einen Euskirchener Jugendaustausch nach Charlesville zu begleiten; da erlitt er einen Herzinfarkt, wie der gerufene Arzt Temmings Büb feststellte, und verstarb. Mein Vater wurde vom Bestatter Metzen auf dem großen Tisch im schwarz umdekorierten Esszimmer aufgebahrt. Da es ein sehr heißer Sommer war, musste der Sarg nach zwei Tagen geschlossen werden. Ich befand mich zu diesem Zeitpunkt seit Anfang August zu Besuch bei meiner Tante in Kiel. Hier hatte ich am 13. August, als die Mauer gebaut wurde, erlebt, wie das ganze Viertel im zonengrenznahen Kronshagen in Panik geriet und mein Onkel, obwohl es Sonntag war, bei einem befreundeten Lebensmittelhändler einen Sack Reis und viele Nudelpakete abholte. – Am Todestag rief meine Mutter um 6 Uhr an, und meine Tante versuchte danach, mich schonend zu informieren. Ich hatte das Gespräch aber halbwegs mitbekommen und ahnte schon Schlimmstes. Alle hatten verheulte Augen, ich durfte mir ein Essen wünschen und musste baden; mitten in der Woche! – Am Abend kam mein Onkel von der Arbeit und wir fuhren in seinem Borgward nach Münstereifel. Mitten in der Nacht kamen wir in der Langenhecke an, mein Onkel parkte auf dem Schulhof. Alle waren noch wach. Man ließ mich im Trauerzimmer vor, ich trat an den offenen Sarg und küsste meinen Vater, wie ich es von Malmedy her kannte.

Die Beerdigung war für Münstereifel ein großes Ereignis. Neben der Eingangstür des Schulgebäudes hatte man nach dem Requiem in der Jesuitenkirche draußen einen Katafalk aufgestellt, die Kränze drumherum. Obwohl es Sommerferien waren, waren viele Menschen dabei; ich denke, weil man damals noch gar nicht so oft fortfuhr. So waren auch Lehrer da, Küpper, Teichmann, und Kräling, mein Klassenlehrer, sortierte Klassenkameraden, die einen Kranz trugen oder als Messdiener tätig waren. Nach dem Segnungsritus auf offener Straße durch Oberpfarrer Dr. Rothkranz setzte sich der Trauerzug in Bewegung. Vorneweg Vortragekreuz, Messdiener, Pastor, dann das Tambourchor (nur mit kleinen Rührtrommeln), die schwarze Kutsche mit dem Sarg, die Familie, Vertreter der Stadt, englische Jugendliche aus dem Raum Ashford, deren Austauschprogramm mein Vater begleitet hatte, die restliche Trauergemeinde. Es ging über den Markt, durch die Werther Straße, zum Tor hinaus, auf den Friedhof. Es war wohl eine der letzten Trauergeleite, die durch die Stadt führten.

***

Wir wohnten bis 1965 hier unten in der Stadt. Dann zogen wir auf die Windhecke (Fichtenhain). – Die Schulräume und Teile der Wohnung wurden dann von einer Sonderschule belegt. Die Hausmeisterwohnung wurde nicht mehr gebraucht. Später kam ins Erdgeschoss die Kurverwaltung. Und vor wohl zehn Jahren wurde das ganze Haus in ein Kulturhaus mit dem „Theater 1" mit mehreren Räumen und einem großen Saal unter Leitung von Christiane Remmert und Jojo Ludwig umgewidmet. Vor einigen Jahren nahm ich mit den Beiden Kontakt auf und fragte an, ob ich das Haus einmal besichtigen könnte. Das klappte, wir stromerten gut zwei Stunden über alle Stockwerke, durch alle Räume, und ich erzählte und erzählte. Die Wohnung war nicht mehr erkennbar, die Zwischenwände waren entfernt, versetzt, neu errichtet. Aber im Dachgeschoss, das vom Theater nur als Materiallager benutzt wird, fand ich an den Wänden noch die Tapeten, die wir vom Vormieter Beilenhoff 1959 übernommen hatten. Im ehemaligen elterlichen Schlafzimmer fand ich auf dem Fußboden noch die Abdrücke des Doppelbetts, in dem mein Vater gestorben war. Auf dem Speicher standen noch Teile der Dunkelkammer. – Jetzt ist das Thema „Langenhecke 4" für mich beendet.

(2017)

Armin Foxius: Jugendaustausch 1966

Kölnische Rundschau vom 13. August 1966
und
Kölner Stadt-Anzeiger vom 16. August 1966

Zwei Wochen englische Luft geatmet

Die R. erhielt den ersten Bericht aus England vom Austausch – erster Exkurs nach London

Münstereifel. (Lb) Ferdinand Lethert, Leiter des deutschenglischen Jugendaustausches, hat bislang immer in Stichworten einen Stimmungsbericht an die R gegeben, der den deutschen Eltern der England-Reisenden einen Überblick gab, was sich bis dahin in England ereignet hatte. Diesmal hat er sich einen Adlatus zur Seite gestellt, Armin Foxius, der der R folgenden Bericht von seinen Eindrücken gab:

„In einer Woche ist die erste Hälfte des deutsch-englischen Jugendaustausches vorüber, die deutschen Jugendlichen kehren mit ihren englischen Freunden zurück nach Deutschland. Zwei Wochen also haben die jungen und Mädchen aus Münstereifel, Euskirchen, Köln und der Voreifel schon englische Luft geatmet, englisch gegessen, überhaupt englisch gelebt. Denn das ist das Hauptziel dieses Austausches: Deutsche und Engländer mit den Lebensgewohnheiten der anderen vertraut zu machen.

Gleich Inseln in dem Meer von englischen Eindrücken ragen die fünf Fahrten heraus, die in diesen drei Wochen von den Deutschen allein unternommen wurden. Bei diesen Ausflügen glaubte man, die ,boys and girls from Germany' hätten jahrelang ihre Muttersprache nicht mehr gesprochen.

Der erste Exkurs führte uns nach London. Zwei Busse sammelten die jugendlichen an verschiedenen Knotenpunkten der Küste und weiter im Land und kämpften sich dann nach zweistündiger Fahrt durch den dichten Londoner Verkehr. Erfreulich, dass man für echten Londoner Sonnenschein gesorgt hatte.

Nach einer kleinen Stadtrundfahrt besichtigten wir als erstes St. Paul's Cathedral. Diesen herrlichen Barockbau schuf von 1675 bis 1710 Sir Christopher Wren, auf dessen Grab in der Kathedrale in lateinischen Lettern steht: ,Wenn du sein Denkmal suchst, so sieh dich um!'

In das Reich der englischen Gotik führte uns der Besuch der Westminster Abbey, des Ortes, wo seit Wilhelm dem Eroberer alle Könige gekrönt wurden und die geistigen Köpfe des Empires beigesetzt sind, von Darwin über Händel zu Livingstone. Größte persönliche Widersacher wie die Königinnen Elisabeth I. und Maria Stuart, wie Gladstone und Disraeli, ruhen hier friedlich beieinander. Zu erwähnen ist noch das Grabmal Churchills und das Grab des unbekannten Soldaten. Trafalgar Square, Piccadilly Circus, Fleet Street, Houses of Parliament, Buckingham Palace, die Weltstadt hatte uns gefangen. Der Geruch von Fisch und Autos, das Bild von Elendsvierteln in Soho und von Hotelpalästen in West End und Mayfair, das ist London.

Nachdem die Busse am. British Museum haltgemacht hatten, konnten wir zwei Stunden durch London streifen und einzelne Teile dieser Riesenstadt kennenlernen.

Gegen 20 Uhr waren alle Jungen und Mädchen wieder bei ihren Gasteltern.

Zweites Zuhause

Es ist bestimmt keine Lobhudelei, wenn man von einem zweiten Zuhause spricht. Die englischen Gasteltern sind rührend um die deutschen Gäste bemüht. Schon in den ersten Tagen wurden wir in den einzelnen Familien sämtlichen Verwandten und Bekannten vorgestellt, eine Einladung folgte der anderen. Manchmal ist man froh, wenn man mit seinen Gasteltern einen Abend in Ruhe Schach spielen oder fernsehen konnte. Bereitwillig helfen sie bei sprachlichen Schwierigkeiten. Der Kontakt zu den englischen Jugendlichen lässt nichts zu wünschen übrig. Selbstverständlich musste man sich erst einmal kennenlernen, erst einmal erfahren, welche Interessen der Austauschpartner hatte.

„England wurde Weltmeister"

Gemeinsam saß man schon am ersten Samstag vor dem Bildschirm und erlebte das Endspiel um die Fußballweltmeisterschaft. Zwar konnte es einem passieren, dass einem nachgerufen wurde: ‚England won the world cup', aber die Niederlage war wohl die einzige Trübung unseres bisherigen Englandaufenthaltes. Das Wetter ist English. das heißt, es regnet. Morgens ist allerdings meist ein herrlich klarer, blauer Himmel. Kein Wölkchen zeigt sich, man plant Ausflüge, man packt die Schwimmsachen, doch während des Mittagessens prasselt schon längst wieder der Regen von dem völlig verhangenen, grauen Himmel gegen die Fensterscheiben.

Nachdem wir also Dienstag, 2. August, in London verbrachten, fuhren wir Freitag, 5. August, nach Hastings. Gegen 10 Uhr brachen wir in Ashford auf, gegen 12 Uhr kamen wir in Hastings an, und von 12 bis 16:15 Uhr hatte jeder Zeit, die Stadt am Kanal allein oder mit anderen anzusehen.

Hastings liegt in Sussex, eine Nachbargrafschaft von Kent, in deren Städten und Dörfern wir untergebracht sind. Die Stadt steht dieses Jahr besonders im Blickpunkt der Öffentlichkeit, da der 900. Jahrestag der berühmten Schlacht von Hastings begangen wird. Am 14. Oktober 1066 soll in der Nähe von Hastings die Normanneninvasion unter dem späteren englischen König Wilhelm I. (der Eroberer) ihren Höhepunkt im Fall des Sachsenkönigs Harold gefunden haben. Doch trotz der Schlossruine, dem alten Stadtteil, ist in Hastings die Zeit nicht stehengeblieben. Früh genug erkannten die Stadtväter die gegebenen Möglichkeiten, sie bauten ein Hallenschwimmbad, bauten die Pier aus, ließen Vergnügungszentren jeglicher Art entstehen. Alt und Neu sind in Hastings eine Synthese eingegangen.

Der Mayor, der Bürgermeister, von Hastings hatte uns für 16:30 Uhr zu einem Nachmittagskaffee eingeladen. Es gab für alle Tee und Kuchen. Der Mayor hieß uns alle willkommen, sprach über den Sinn des Austausches und wünscht uns das Beste für die noch vor uns liegenden Ferientage in England. Oberstudienrat Ferdinand Lethert, der Leiter der deutschen Gruppe, dankte ihm mit einigen Worten und überreichte ihm einen Bildband über Deutschland. Gegen 20 Uhr kamen wir wieder in Ashford an.

Als Nächstes stand eine Party in Ashford, zu der Chairman of the Ashford Urban District Council einlud, im Programm, die bereits am Mittwoch, stattfand."

Kölner Stadt-Anzeiger vom 17. August 1966

Erlebt beim Jugendaustausch in Ashford

Bei Tanzspielen machten alle mit
Party beim Councillor: Anfängliche Scheu war
rasch verschwunden

Münstereifel Ashford – „Englische Gasteltern
geben sich viel Mühe mit den jungen Deutschen." – So hieß unser gestriger Bericht von
Armin Foxius aus Münstereifel, der zum Jugendaustausch in Ashford weilt. Er berichtete
von den Erlebnissen der Jungen und Mädchen
im Gastland jenseits des Kanals. „Als Nächstes
steht eine Party auf dem Programm, die der
Chairman of The Ashford Urban District
Council veranstaltet", schloss dieser erste Bericht. Am vergangenen Mittwoch war das Ereignis. Über die Erlebnisse der Austauschju-
gend bei dieser Party und über eine Fahrt nach
Rye berichten die folgenden Zeilen:

Die Prominenz, Councillor S. E. Ford nebst
Gattin, der Leiter der englischen Austausch-
gruppe, Alderman J. A. Wiles, der Leiter der
deutschen Jugendlichen, Oberstudienrat Ferdinand Lethert, ließ nicht auf sich warten. Ge-

gen 18:45 Uhr waren alle geladenen Jugendlichen aus dem Ashford District da. Zunächst kam man sich in dem zu großen Raum ein wenig verloren vor. Doch nach ein paar Spielen, die besonders die Jüngeren beschäftigten, und einigen Tänzen für die Älteren wurde man schnell warm miteinander. Anfängliche Scheu vor dem Tanzen wurde durch eine gute Band, die sich aus Piano (von einer Dame gespielt), Saxophon und Schlagzeug zusammensetzte, und einem ideenreichen Organisator überwunden. Zwischen schnellen und langsamen Tänzen, zwischen Cha-Cha-Cha, Foxtrott, Blues und Twist gab es immer wieder Tanzspiele, an denen sich alle zu beteiligen hatten.

Gegen 20 Uhr wurde die Tanzparty für einen Imbiss unterbrochen. Sandwiches, Limonaden und süßes Gebäck wurden herumgereicht; Tänzer und Tänzerinnen langten herzhaft zu, hungrig und außer Atem.

Hipp-hipp-hurra für die Band

Nach dem Supper wuchs die Beteiligung an den Tänzen, die durch Tanzspiele wiederum gesteigert wurde. Der reibungslose Ablauf ist vor allem Mr. J. Jordan zu verdanken, der mit sicherer Hand Spiel und Tanz auf dem Tanzboden lenkte. Gegen 21:15 Uhr wurden dann die letzten Tänze, die besonders angesagt wurden, getanzt. Dann stellten sich Mädchen und Jungen Hand in Hand zu einem großen Kreis auf und lauschten den Worten des Chairman von Ashford.

Anschließend sprach Oberstudienrat E. Lethert Worte des Dankes. Er erinnerte an die im Vorjahr begangene Verschwisterung der Städte Ashford und Münstereifel, die Zentren des inzwischen weithin bekannten Austausches. Lethert, der nach der höchsten britischen Auszeichnung für Ausländer hinter seinem Namen die Initialen MBE (Member of the British Empire) führen darf, dankte dem Chairman im Namen der deutschen Gruppe für die gelungene Tanzparty und ließ dem Chairman und seiner Gattin durch zwei deutsche Jugendliche ein Präsent überreichen. Alle Jugendlichen dankten mit Applaus den Organisatoren und mit einem Hipp-hipp-hurra der Band. Zum Abschluss sangen alle das internationale Lied: Nehmt Abschied, Brüder, ungewiss ist alle Wiederkehr …

Weil manche der Jugendlichen nach der Party erst spät nach Hause kamen, hatte man den Beginn der Fahrt nach Rye 11 Uhr gelegt. Als die Mädchen und Jungen aus Ashford und

Umgebung in Ashford abfuhren, herrschte das übliche gute Vormittagswetter, doch als man gegen 13:15 Uhr in Rye ankam, hatte sich der blaue Himmel mit grauen, regenvollen Wolken zugezogen. Bis 15:15 Uhr wurde genügend Zeit gegeben, mitgebrachte Sandwiches zu essen und sich die mittelalterliche Stadt anzusehen, die sehr an Münstereifel erinnert.

Schon zur Zeit der Jüten und Sachsen in England war Rye (sprich Rei) als Siedlungsplatz bekannt. 1247 war Rye der Sitz eines königlichen Rittergutes, 1289 wurde Rye als Marktflecken im Parlament vertreten, 1573 gab Königin Elizabeth I. bei einem Besuch der Siedlung den Namen „Rye Royal". In den „Charters of the Cinque Ports" von 1678 wird Rye als „Ancient Town" in das Fünferbündnis der Hafenstädte Hastings, Romney, Hythe, Dover und Sandwich aufgenommen; Rye war zu dieser Zeit noch Hafenstadt im Trichter einer Kanalbucht, heute ist die Stadt kilometerweit durch Schwemmland von der See entfernt.

Unter der Fülle historisch interessanter Bauwerke fällt vor allem die „Parish Church of St. Mary", die Marien-Pfarrkirche, mit ihrem frühgotischen Baustil auf. Der Turm mit einem großen lichtvollen Fenster wird an der

Stirnfront von einer frühbarocken Uhr und zwei goldenen Putten verziert; die kreuzförmige Kirche fällt im Innern besonders durch Holzverstrebungen an der Decke auf.

Die Stadtbefestigung mit dem „Ypres Tower" datiert man auf die Wende vom 13. zum 14. Jahrhundert. Auf die gleiche Zeit, aus der die alte „Grammar School" in Ashford (1630) stammt, geht auch die erst private, später staatliche Schule in Rye zurück (1636). Das Rathaus stammt aus dem Jahre 1742; die im Ratssaal aufbewahrten Amtsstäbe haben in ganz Großbritannien Seltenheitswert und werden aufs Beste gehütet und gepflegt.

Zu Gast im Rathaus

In dieses Rathaus, die „town hall" von Rye, hatten uns Mayor William John Hacking, der dieses Amt auch schon im Vorjahr bekleidete – jedes Jahr sind in England Bürgermeisterwahlen –, und seine Gattin auf 15:30 Uhr gebeten. In vollem Amtsornat hieß uns das Stadtoberhaupt willkommen und ließ uns Tee und Gebäck reichen. Oberstudienrat Lethert dankte ihm und überreichte einen Bildband über Deutschland. Dann gab uns ein Stadtbeamter einen kurzen Überblick über die wichtigsten Ereignisse in der Geschichte Ryes. Anschließend trugen sich alle in das Goldene Buch der Stadt ein. Gegen 17 Uhr verließ der Bus der „East- Kent"-Busgesellschaft Rye und erreichte Ashford nach etwa einer Stunde Fahrt.

St. Michael: Ein Achtundsechziger?

A) Abi-Route 66

Als Schüler, erst recht in einer überschaubaren Gemeinschaft wie dem St.-Michael-Gymnasium mit gut dreihundert Jungs, schaute man immer nach oben, also zu den Klassen vor einem, den Jahrgängen darüber. Was hinter uns an Jüngeren war, war uninteressantes Geschräppels, zum Teil die lästigen Brüder von Klassenkameraden.

Die beiden Klassen des Abiturjahrgangs 1966 hatten für uns eine besondere Bedeutung. Die eine war lange unser Flurnachbar gewesen, und beide hatten fast die gleichen Lehrer wie wir. Und man war in Alter und Jahrgang her doch sehr nah. Von denen konnte man lernen und abgucken, wie man Schule handeln kann. – Als wir in Quarta mit Englisch begannen, erkundigte ich mich bei einem aus der hier im Zentrum stehenden Klasse „wie denn Englisch so ist". Der sagte dann: „Wenn du in Latein Grammatik kannst, ist das kein Problem. Und kauf bei Kipps ‚Junior World and Press', dann freut der sich." – Und auf dem Weg zum Biologieraum erzählte ich einem anderen, Teichmann wolle heute die Vogelfeder durchnehmen, was da denn wichtig sei. Der: „Du musst sagen, im Kiel sind Blutspuren. Dann kriegst du ein grünes Plus". Gesagt, getan.

Und über die hier verhandelten Abiturienten konnte Guddorf stolz festhalten: „Sie sind ohne Ausnahme freudig und gern dem VAMÜ als Mitglied beigetreten."

Beide Abiturklassen 1966 waren die ersten, von denen wir schon bald ein Feedback bekamen, wenn sie aus ihren Universitätsstädten auf Stippvisite ins provinzielle und verschlafene Münstereifel kamen und mit dem Gehabe eines potentiellen Weltbürgers erzählten: aus den Seminaren und Hörsälen, von den beginnenden politischen Diskussionen, vom studentischen Leben überhaupt. Und sie berichteten mit der Welterfahrung von Zwanzigjährigen, was da so alles abgeht, und sie ließen uns in der Provinz wohlwollend teilhaben. Aber dann mussten sie auch schon bald wieder weg. – Dahin, wo wir auch so schnell wie möglich hin wollten.

B) Aufgalopp: Von nichts kommt nichts

Als ich nach den Osterferien 1960 in der Sexta begann (sechsundvierzig Schüler, Klassenlehrer Kräling), wurde uns im Mai das Zentralorgan der Schule, das VAMÜ-Blättchen, überreicht. Und wie stilbildend für meine ganze Schulzeit hier begann auf der Titelseite ein längerer Aufsatz der ehemaligen Lehrerin Leni Asbeck mit dem Titel „Michael oder ‚Wer ist wie Gott?'„ Hier wurde dann das „Quis ut Deus" durchdekliniert, und schon am Anfang stand der Satz: „Der Verfall des Michaelsbildes ist verräterisch für die Strategie der Hölle gegen den Engelsfürsten überhaupt". Ich kleines Kerlchen habe von diesem achtseitigen Text in Doppelspalten wenig verstanden, hatte aber jetzt einen höllischen Respekt vor St. Michael und dem nach ihm benannten Gymnasium, dessen Schüler ich sein durfte.

Als durchschnittlicher Schüler, mit besonderen Interessen in Biologie (wegen Teichmann und dem Kalkarer Moor), Deutsch (Küpper) und Geschichte (Küpper, Neuhaus, Schulze). Ja, und dann Religion, bei Wegener, nach dem schrecklichen Heinrichs.

Die ersten Jahre plätscherten so dahin, aber keine Sorge um Notenschnitte. Warum auch? – Und da wir keinen Fernseher hatten, lernte man aus Langeweile. Davon zehre ich noch heute.

Dann änderte sich doch einiges. Ungeordnet und unvollständig seien einige Ereignisse aufgezählt.

– Die TV-Übertragung des Frankfurter Auschwitzprozesses in der Aula, wo einzelne Klassen stundenweise zusehen und vor allem -hören konnten. Die Stille bei uns Schülern und das Starre mancher Lehrergesichter ist mir im Gedächtnis eingebrannt.

– Die Küpper-Rede zu einem Guddorf-Festtag im Lehrerzimmer, an der ich als Klassensprecher teilnehmen konnte. – Schulze hatte auf einer Klassenfahrt nach Berlin beim Besuch des Bendlerblocks Dokumente des Widerstands gegen Hitler eingesehen, wo der Name Wilhelm Guddorf auftauchte, älterer Bruder unseres Direktors August Guddorf. Der war Kommunist gewesen und Redakteur der „Roten Fahne", im aktiven Widerstand, gefasst, verurteilt und in Plötzensee am Fleischerhaken hingerichtet. Schulze hatte das Küpper erzählt, und Küpper berichtete davon in seiner Rede und entwarf ein Panorama deutscher Geschichte mit Facetten, von denen wir nicht einmal was geahnt hatten. Als Teile der Rede dann im VAMÜ-Blättchen veröffentlicht wurden, haben viele Mitglieder dagegen protestiert, da würde der Name des Direktors beschmutzt. – Wusste St. Michael, der Patron der Deutschen, auch von diesen zwei Brüdern, der eine katholischer Verbandsfunktionär, der andere KPD-Funktionär? – Ich habe diese Rede dann 1988 in vollständiger Fassung in dem Erinnerungsbändchen „Zeit in Münstereifel" veröffentlicht.

— Sehr intensiv wurde sich bei Schulze in Gesellschaftslehre (wohl ein Jahr lang) mit der Mitbestimmungsdiskussion beschäftigt, also der Einzug sozialer, wirtschaftlicher Fragestellungen in die altsprachliche Eliteschule. – Zentral dann die Debatte um die Notstandsgesetzgebung, wo man energisch Lehrer befragte und Stellungnahme verlangte. Eine Woche vor der Demo in Bonn fand ein großes Teach-in in der Turnhalle statt; von Guddorf nach zähen Vorgesprächen erlaubt, gegen den Willen der Schulbehörde.

Dann das Jahr 1968, Abitur und Auszug in die Revolte. Zum Abschied die Michaelsglocke geläutet, die VAMÜ-Hefte in die Ecke geknallt, Aufbruch, und weg, weg!

C) 1968: Hausaufgaben und Revolution

Im Mai 1968 also Abitur: neun Schuljahre Kräling als Klassen- und Lateinlehrer, neun Jahre immer Küpper in Deutsch! – Noch Schüler gewesen, auch ein fleißiger, gemäß dem Motto Wilhelm Liebknechts „Wissen ist Macht".

Aber auch schon Einübung in die Revolte: Hospitieren an der Uni Köln, Teilnahme an Teach-ins, Fahrt zum Vietnam-Kongress in Berlin mit dem Idol Rudi Dutschke, Aktivitäten gegen die Bild-Zeitung.

Die Hausaufgaben waren gemacht, Münstereifel so weit weg, das Abi war das Ticket für einen neuen Kosmos.

In den tauchte man ein, auch mal in Gefahr, sich darin zu verlieren. Aber feste Prinzipien, ein gutes Umfeld, wirkliche Freunde, eine intellektuelle Prägung und klarer Verstand, vielleicht auch St. Michael, hielten einen auf gerader Bahn.

Ich will nicht alle Aktivitäten, alle Organisationen aufzählen, mit denen man zu tun hatte. Aber es wurde auch richtig gearbeitet. Zum Beispiel zusammen mit Wolfram Hoffmann aus dem ersten 66er Abiturjahrgang, Studien und Forschung über und auch gegen den Doyen der Historikergilde und Chef in Köln

Theodor Schieder, dessen Verwicklungen in die Wissenschafts- und Realpolitik der Nazis. Veröffentlichungen dazu, Veranstaltungen.

Münstereifel war dann aber doch noch nicht ganz aus den Augen, aus dem Sinn. Beim nächsten VAMÜ-Treffen in der Aula trat man auf mit roter Fahne, einigen Dokumenten über Dr. Renn, der Nachfolger von Hermann Pünder als Vorsitzender werden wollte. Man war über uns entsetzt, aber weil wir ja auch Vereinsmitglieder waren, konnte man uns nicht rausschmeißen. Man empfahl uns „nach drüben", „nach Moskau" oder noch weiter „nach Peking" zu gehen. Das taten wir aber dann doch nicht, stellten Wolfram als Gegenkandidaten zu Renn auf, verloren natürlich und hatten am nächsten Montag eine ganze Seite im Stadt-Anzeiger.

Wenig später wurde die Schule nachts mit roter Farbe (handgemalt, nicht gesprayt!) in „Karl-Marx-Schule" („Schule", nicht mehr elitär „Gymnasium") umbenannt, gegenüber dem Lehrerzimmer stand die Frage „Wem gehört die Schule?" und ein Mao-Zitat („Der Zustand, dass bürgerliche Intellektuelle über unsere Schulen und Universitäten herrschen, darf auf keinen Fall fortbestehen!") wurde (witzig, witzig) der Schulikone Katzfey zugeschrieben. Anderntags war große Aufregung, der Interimsdirektor Basta Neuhaus holte die Polizei, Schülerhände wurden (vergeblich) überprüft. – Eine ähnliche Aktion erfolgte wenig später am Konvikt, am Vorabend einer Visitation durch Kardinal Höffner. – Jetzt war das Münstereifel-Kapitel endgültig erledigt, alle Vatermorde getan.

In den folgenden Jahren 1969, 1970 lief die Revolution langsam aus, ohne es je gewesen zu sein. Aber Achtundsechziger wollte sich jetzt jeder nennen. Mal ein Beispiel: Auch Matthias Wissmann, vierzehn Tage jünger als ich, RCDS, Junge Union, jetzt Verband der Automobilindustrie, den ich als Studenten in Bonn kennenlernte, bezeichnet sich noch heute als „alten Achtundsechziger" und kokettiert damit.

D) Nachwehen

Man ist dann Arzt, Lehrer, Pfarrer, Versicherungsmathematiker, auch Mitbegründer der Grünen geworden, in den etablierten Parteien gelandet, satt und zufrieden Mitglied dieser Bundesrepublik Deutschland.

1988 gab ich zusammen mit Heinz Küpper aus Anlass des zwanzgisten Jahrestages unseres Abiturs das Buch „Zeit in Münstereifel" heraus, u.a. mit Erinnerungen einzelner Konabiturienten, Monografien von Heinz Küpper über Guddorf, Teichmann und Kuklok, einem Text von Bruno Wegener, einem Interview mit Bernhard Kräling (eine Woche vor seinem Tod).

Man freut sich, wenn Historiker das Datum „1968" neben das von „1848" setzen. Manchmal erzählt man was. Mancher war dann mehr dabei, als er es wirklich war. Aber wir kennen ja alle die Probleme von oral history. Auch St. Michael.

(2016)

2. Teil: Heinz Küpper

Vorwort

Armin Foxius ist Kölner. Er ist in dieser Stadt geboren und lebt auch heute in ihr. Sein Kölner Leben wurde nur durch Kindheit in Belgien und die Schulzeit in Münstereifel unterbrochen. Er spricht nicht nur die Sprache dieser Stadt, sondern vermag auch, was nur wenige können, in Kölsch zu schreiben.

Dem Schriftsteller Heinz Küpper, um den es in diesem Bändchen ja vor allem auch geht, schenkte er zum siebzigsten Geburtstag ein Gedicht, das die Spannung zwischen Platt und Hochdeutsch in zwei Versen zuspitzt: „Mer sät nit, wat mer denk un föhlt/man sagt nur, was man will."

Und nun also Foxius und Küpper vereint in „Auch ich in Münstereifel".

Die Sammlung von Geburtstags-, Trauer-, Gedenkreden und als „Petitessen" servierten Miszellen schildert ein versunkenes Arkadien, Jahre einer Schüler- und Lehrerbeziehung, die in eine lebenslange Freundschaft mündete.

Wie kam der 1949 geborene Kölner Junge nach Münstereifel? Durch die Versetzung seines Vaters Armand Foxius, eines belgischen Journalisten, in die Lokalredaktion des Kölner Stadt-Anzeigers in Münstereifel.

Als der Vater dort schon 1961 stirbt, wird für den damals zwölfjährigen das St.-Michael-Gymnasium bis zu seinem Abitur 1968 zum Lebensmittelpunkt. Und der Deutschlehrer Heinz Küpper zu einer Art Ersatzvater.

Heinz Küpper wurde 1960 als Assessor von Euskirchen nach Münstereifel versetzt. Der gebürtige Euskirchener, Jahrgang 1930, wohnte erst noch weiter in seiner Heimatstadt und zog erst Ende der Siebziger Jahre nach Münstereifel. Er hat die Eifel bis auf die Studienjahre in Bonn und Berlin nie verlassen. Auf die Frage nach seiner Heimat, antwortete er, noch vor seinem Umzug nach Münstereifel, „kurz und bündig: Köln!"

„Et in Arcadia ego": Der Schüler Foxius wurde aber in Münstereifel bei Küpper nicht auf Kölsch oder Eifeler Platt unterrichtet. Goethe stand auf dem Lehrplan und deutsche und europäische Geschichte.

Die Miszelle „Goethe – Stieler – Küpper" skizziert wie sinnlich und konkret Hochkultur und klassische Bildung Eingang in Foxius' Kopf fanden. Wunderschön die Miniatur „Im Goethe zu Hause". Bei einem privaten Treffen ehemaliger Schüler kommentierte Küpper den Begleitspruch beim Ausschenken der letzten Flasche Wein „Es geht just noch einmal herum" trocken: „Das ist aus dem Götz." Statt Bildungshuberei Eingang großer Dichtung ins pralle Leben.

Foxius, der dann im Studium an der Uni Köln rebellische Großstädter mit idyllischer Vorachtundsechziger Episode in der Eifel; Küpper, der „Kölner", der nie in Köln gewohnt hat: das ist ein weit über die Schulzeit Foxius' hinaus reichender Kontrast.

Der Kleinstädter Küpper, in der Bewegung in Ballungszentren eher ängstlich, genoss sein Köln und das auch geliebte Berlin in Begleitung von Cicerones. In Köln war das Foxius, in Berlin der gleichaltrige Ex-Kölner Freund Ernst Berger.

An „Gänge in Köln" erinnert sich Foxius als „unterhaltsam und anregend. Keiner musste oder wollte dem anderen einen zeigen. Man war assoziativ im Abendland zu Hause."

Kleine Kostbarkeiten sind Foxius' Erinnerungen an gemeinsame Museumsbesuche in Köln und Berlin. Die Mischung ist bunt. In Berlin das Historische Museum im Zeughaus, das Köpenicker Schloss, das Kapitulationsmuseum in Karlshorst, das Küpper in seiner Raumstruktur an Beate Uhses Erotik-Museum am Bahnhof Zoo erinnerte.

In Köln die Kelten-Ausstellung in der damaligen Kunsthalle am Josef-Haubrich-Hof, die Stefan Lochner-Ausstellung im Wallraf-Richartz-Museum 1993 und vor allem die Edward-Hopper-Ausstellung im Museum Ludwig 2004.

Foxius' lapidarischer Beschluss der Museumsgänge: „Im Münstereifler Hürten-Museum waren wir zusammen nie."

Der Wikipedia-Eintrag zum Schriftsteller Heinz Küpper erwähnt nicht, dass er neben dem Komponisten Bernd Alois Zimmermann als Hauptpreisträger des Kunstpreises der Stadt Köln 1966 den Förderpreis für Nachwuchskünstler in der Sparte Literatur erhielt. Wie sich da so manches zwischen Köln und Münstereifel auch für Armin Foxius biografisch verknotete, lohnt sich im Abschnitt „Förderungspreis 1966" nachzulesen.

Mit dem „Simplicius 45" (1963) und „Milch und Honig" (1965) war Küpper, bereits viel und international beachtet, im Jahr 1966 schon längst kein Nachwuchsautor mehr. Noch trauriger als diese Fehleinschätzung ist die Nichtwahrnehmung des danach erschienenen umfangreichen Romanwerks durch eine breitere literarische Öffentlichkeit.

Ich bin Heinz Küpper 1988 in Münstereifel am Rand einer Lesung aus seinem Jakob-Krimi „Wohin mit dem Kopf?" zum ersten Mal begegnet. Seitdem und bis zu seinem Tod im Jahr 2005 waren wir nachbar- und freundschaftlich verbunden.

Unvergessen ist die Lesung aus „Seelenämter" im Familien- und Freundeskreis in seiner Wohnung in der Fibergasse, bei der ja auch Armin Foxius dabei war.

„Seelenämter" und alle Romane und Erzählungen Küppers sind im Weilerswister Verlag Ralf Liebe sorgfältig ediert erschienen und warten auf mehr Leser.

Vielleicht trägt das Kaleidoskop Foxius' bunter Erinnerungen an die Person des Schriftstellers Küpper ein wenig mit dazu bei.

Helmut Mörchen

Rede zu Heinz Küppers Sechzigstem

Ich wurde gebeten, ein paar Worte zu Heinz Küppers sechzigsten Geburtstag zu sagen. Das mache ich gerne.

Diese Rede auf Hein Küpper gliedert sich in zwei Teile, einen ernsteren und einen mehr humorigen. Mit welchem ich beginne, verrate ich nicht. Es könnte aber auch sein, dass beide Aspekte ineinander verwoben sind.

Man könnte eine Lobrede auf Heinz Küpper unterschiedlich beginnen:
- z.B. nüchtern, im Klappentextrealismus: Küpper, Heinz, geboren am 10.11.1930 in Euskirchen. Studium, zweimal verheiratet, drei Söhne
- oder so, neudeutsch-regionalistisch: Küpper ist Rheinländer, studierte in Bonn (sehr löblich!) und in Berlin (nun ja!)
- oder so, postmodern, Redner – ego-zentriert: Meine persönliche Küpper-Betroffenheit begann 1960 mit der Sexta am Münstereifeler St.-Michael-Gymnasium. Ich war neun Jahre in Lernabhängigkeit, wurde in circa neunzig Klassenarbeiten erst von Studienassessor, dann von Studienrat

Küpper begutachtet und sprachlich erzogen. Ich konnte nur noch Lehrer werden.

Nein, ich beginne anders. In seinem Buch „Wein für ehrenwerte Männer" schreibt der Kölner und Berliner Schriftsteller, der Küpper-Freund Karl-Heinz Ernst Berger über einen im Rheinland lebenden Weinhändler namens Heinrich Küpper.

In diesem 1972 erschienenen Buch heißt es über den Roman-Küpper: „Die Unterhaltung war vorzüglich." „Er erzählte von allem, was ihm in den Sinn kam. Und ihm kam viel in den Sinn." „Küpper war ein verquerer Denker." „,So ein Scheißkrieg', sagte er, ‚bringt einem bei, wie man das ganze Leben von hinten packen kann.'"

Unser Heinz Küpper ist natürlich kein Weinhändler. Mit Wein hat er schon lange nichts mehr zu tun, und als Händler im Literaturmarketing und Productplacement können wir ihn uns auch kaum vorstellen.

Nein, aber in den Zitaten vorhin wurden drei wichtige Aspekte angesprochen:

— der eigenwillige Denker,
— der vorzügliche Unterhalter und Erzähler,
— der, der „Scheißkrieg" sagt.

Die erste große Arbeit von Heinz Küpper war der „Simplicius 45", das Buch, das er eigentlich viel intimer, auch genauer „Andreas und ich" nennen wollte. Für viele von uns jungen Schülern damals Anfang der 60er-Jahre war gerade dieses Buch ein Einstieg in die Auseinandersetzung mit unserer Elterngeneration und dem Faschismus. Dass der Autor gleichzeitig unser Lehrer war, gab dieser frühen Entwicklung zu kritischen Positionen entscheidenden Schwung.

Nun ist das Selbstverständnis von Lehrern, die auch oder eigentlich Literaten sind, nicht unproblematisch. Viele Schriftsteller und Dichter leben nicht von ihren literarischen Produkten; das mag man bedauern, ist aber Faktum. Ich halte es für fragwürdig, hier eine Rangfolge aufzustellen. Es kann einer sehr wohl Arzt *und* Dichter, ein anderer Schriftsteller *und* Lehrer sein. Ich halte diesen klagenden Unterton, eigentlich sei das Lehrerdasein nur der Brotberuf für die wesentlichere Tätigkeit, die Literaturproduktion eben, für nicht schlüssig. Heinz Küpper war mir und Hunderten von Mitschülern des St.-Michael-Gymnasiums ein viel zu guter Lehrer, als dass wir diese Tätigkeit, die uns ja mehr prägte als die des Schriftstellers Küpper, nur untergeordnet sehen wollen.

Nun muss unsere Sicht ja nicht die von Hein Küpper sein. Natürlich hat er unter dem ständigen Muss des Unterrichts gelitten, natürlich hängt einem nach vielen Jahren Schule als Organisation am Hals heraus, natürlich nervt es, größere schriftstellerische Projekte auf Ferienzeiten konzentrieren zu müssen, und natürlich wird Hein vor zwei Jahren aufgeatmet haben, als er das tägliche Schulkleinklein, erst recht unter den Bedingungen der letzten zwanzig Guddorf-losen Jahre, für sich beendet hatte.

Wie sehr Heinz Küpper aber trotz vorzeitiger Pensionierung Lehrer geblieben ist, zeigt folgende kleine Begebenheit. Ich war von einer kurzen Reise während der letzten Herbstferien in Thüringen, vor allem Weimar, zurückgekehrt, da fragte Hein direkt: „Wart ihr auch in Buchenwald?" Und es ist richtig und wichtig, auch und gerade bei Freunden, Schülern, Bekannten immer wieder nachzufragen, nachzuhaken, sich nicht zufrieden zu geben mit einmal geäußerten Standpunkten.

Wir waren im ehemaligen KZ Buchenwald, und zwei Miniaturen sind mir noch vor Augen; darstellend Besucher aus der Bundesrepublik:

- eine Gruppe Rentner aus dem Rhein-Sieg-Kreis, von der ein Drittel sich weigerte, die

Gedenkstätten zu besichtigen und lieber billigen Schnaps in der Schänke trank,

— dann ein junges Pärchen, das sich das Krematorium besah, wobei er ein T-Shirt trug mit Schwarz-Rot-Gold und dem Emblem des Fußballweltmeisters.

Ich glaube, es wird auch in Zukunft viel nachzufragen sein.

Der Lehrer Heinz Küpper und der Schriftsteller. Mich lassen seine Münstereifel- und Schulschriften nicht los. Diese relativ kurzen Monografien haben ihren literarischen Wert darin, dass sie Wahrheit herstellen wollen. Mit den ästhetischen Mitteln, die unsere Sprachkultur zur Verfügung stellt, bleiben konkrete Menschen, die noch leben oder gelebt haben, uns erhalten.

Eigentlich ist die Welt leer- oder besser: vollgeschrieben. Alles scheint schriftlich fixiert: Die großen Kriegs- und Antikriegsromane sind zu Papier gebracht, alle nur denkbaren inneren Monologe, Selbstzeugnisse, Biografien, Enthüllungen sind notiert, alle möglichen dramatischen Konstruktionen und Figurationen sind durchkalkuliert und dem Publikum vorgeführt worden. Trotzdem sitzt da ein Sechzigjähriger in Münstereifel, schaut auf die Forellen in der Erft und schreibt.

So beschreibt Hein zum Beispiel einen ehemaligen Kollegen, der so tot war, dass man kaum noch seinen Namen wusste, und er hatte doch bis vor fünfzehn Jahren noch gelebt. Und jetzt errettet uns Küpper diesen Menschen, Georg Kuklok, aus dem Hades des totalen Vergessens. Ein Schatten taucht auf, Spuren werden gesichert. Und hier setzt jetzt Heins Meisterschaft ein: Da wird nicht nur eines Kollegen gedacht; da wird vielmehr verlorenes Leben wiedergewonnen, da wird ein Mensch rehabilitiert, dem die Geschichte, die Zeitläufe, dieser „Scheißkrieg" so zugesetzt hatten, dass es schien, als habe einer sich in nichts aufgelöst. — Hier ist Literatur nicht mehr bloße Textproduktion; hier geschieht das, was eben „Wahrheit herstellen" genannt wurde.

Immer wieder kommt bei Heinz Küpper der Name August Guddorf vor. August, jüngerer Bruder des Intellektuellen, kommunistischen Funktionärs und Naziopfers Wilhelm Guddorf, August Guddorf also, war fünfzehn Jahre lang Leiter des St.-Michael-Gymnasiums, viele Jahre mithin Küppers Chef und neun Jahre mein Direktor. In seiner Guddorf-Monografie schildert Küpper diesen als den Vater eines goldenen Zeitalters; und je länger wir lesen, merken wir: Es war für Hein das nun verlorene Paradies. Nirgendwo findet sich bei Hein eine solche Emotionalität wie in der Feststellung „(August Guddorf), der barmherzige, der gerechte Mann, mein Direktor". – Und wie wohl Herzog Carl *August* dem Goethe angenehme Rahmenbedingungen schuf, so tat dies auch *August* Guddorf dem jungen Hein Küpper.

Diese – quantitativ – kleinen Schriften zu Münstereifel und zum St.-Michael-Gymnasium sind bisher nicht gesondert erschienen. Diese Texte – die Monografien über die Gymnasiallehrer Teichmann, Guddorf, Kuklok, Beiträge zur Geschichte der Schule, das Rundfunk-Feature über Münstereifel –, diese Texte hätten es verdient. Und sie lassen Münstereifel erscheinen, als sei es das Weimar des Kreises Euskirchen.

In Hein Küppers Arbeitszimmer hängen neben anderen, wenigen Bildern zwei:

– eine kleine Reproduktion des Bildes „Nighthawks" des amerikanischen Malers Edward Hopper aus dem Jahre 1942, auf dem wir vier einsame Gestalten, Nachtschwärmer, an eine Theke gelehnt sehen.

Wie in Kälte stehen die Menschen da, jeder für sich. Die Theke ist die Reling, die vor dem totalen Von-Bord-gehen zu schützen scheint.

Ich saß diesem Bild gegenüber, als Hein einem kleinen Kreis aus seinem neuen, noch unveröffentlichten Roman vorlas. Es war das Kapitel, das sich mit Weltgeschichte an einem bestimmten Datum beschäftigt. Dieser Termin, der 12. Mai 1935, ist das Gründungsdatum der Anonymen Alkoholiker in den USA. Für Hein Küpper ist es neben dem 10.11.1930 ein zweiter Geburtstag geworden.

— Das zweite, ein großes Bild, das an der Kopfseite des Sofas hängt, auf dem der Hein schreibt und raucht, Tee und Kaffee trinkt und diktiert, dieses Bild zeigt Goethe. Und der ist für Küpper ein ganz wichtiger.

Wer Germanistik studiert hat, und wie Hein auch richtig, wer die jungen Köpfe der rheinischen Tiefebene und der Eifel für deutsche Literatur geöffnet hat, wer Thüringen als eine Landschaft bezeichnet, „die so richtig deutsch ist wie keine andere", der lässt sich Goethe gern über die Schulter schauen und schreibt frohgemut weiter.

Wir haben ja Hein Küppers Einladung zum heutigen Abend erhalten, mit seiner Parodie eines Goethe-Vierzeilers aus dem west-östlichen Diwan.

Und ich möchte meine Freunde,
alt und neue um mich sammeln,
gar zu gern in deutscher Sprache
stammeln, schrammeln, gammeln, rammeln.

Und da ist dann wieder dieser *Lehrer* Küpper, der einen zwingt, Hausaufgaben zu machen, sich aufs Sofa zu setzen, den „Diwan" zur Hand zu nehmen und darin herumzusuchen, als sei es der Sitzmöbelkatalog von Ikea.
Man will doch wissen, wo das steht, was da karikiert wird. – Dass wir „stammeln", glauben wir, dass wir „schrammeln, gammeln", ahnen wir, doch wie jetzt zu „rammeln" ist wissen wir *nicht.*

Ich beende meine Sammlung von Bruchstücken und Erinnerungssplittern; allesamt subjektiv ausgewählt und geordnet.
August Guddorf pflegte an solchen Stellen zu sagen, und ich will ihm als Schüler folgen: Hein Küpper : ad multos annos.

Und ich schließe mit einer anderen Strophe
aus Goethes „West-östlichen Diwan":

Nennen dich den großen Dichter,
wenn dich auf dem Markte zeigest;
gerne hör ich, wenn du singest,
und ich horche, wenn du schweigest.

(1990)

Hein Küpper zum Siebzigsten

I
Man bittet um was an Dialekt.
Aber so, bitte, dass es nicht schreckt!
Nicht zu gewöhnlich, mehr Kolorit!
– Leck mich am Aasch, dat jit et nit.
Man liest heute kaum. Und um so mehr
zeigt man die Hochdeutsch-Fahne her.
Als Träger einer Hochkultur
spricht und strunzt man Hochdeutsch pur.

In Köln, im Rheinland, he bei uns,
spillt mancher met dat Spill.
Mer sät nit, wat mer denk un fühlt,
man sagt nur, was man will.
Doch sprechen wir mal kölsches Platt,
so unger uns, allein,
dann fühlen wir uns wohl und satt.
Heinz Küpper. Küppers Hein.

Beim Spreche rutscht uns Sprache fort
un jeit vun do nach dort.
Es dat noch Platt oder schon Hochdeutsch,
ist das noch Hochdeutsch, es ald Kölsch,
es vermengen sich die Sprachen
und es wird su e Jemölsch.

Die Wissenschaftler de Saussure
un Noam Chomsky – Böcher dür! –
die saten, Dialek es jrad
wie en Sproch, vör nix zo schad.
Uns kölsche Sproch es mih Parole;
die Langue die driev et nit su doll.

Es och ijal. – Mer süt mer kann
met Üch sich richtich ungerhalde!
Wann och d'r eine dann un wann
e bessje nick un deit avschalde.

II
Wat es deutsche Leitkultur? –
Millowitsch, die Gruppe Pur?
Mobile Phone udder et Handy,
Heinrich Faust or Tristram Shandy,
Sissi, Honny, dä Apres-Ski,
Otto, Böll, dä Hans Tilkowski,
Bravo un d'r Burda-Schnitt,
Fischer-Chöre, Hindemith?
Lesen, Schreiben, Prummetaat,
Alice Schwarzer, Disco, Skat,
Kaspar, Melchior, Balthasar,
Neumann, Nahe, Mosel, Ahr,
Kriemhild, Küpper, Ottmar Walter,
Klopstock, Winkler, Grass, Fritz Walter,
Marianne, Michael; heiß et Puff udder Bordell?

Maggi, Luther, Martin Lauer,
Baader, Bach un Adenauer,
Goethe, Schiller, Karl Berbuer,
Bruno Ganz, Otto Gebühr,
Küppers Hein un Urjels Palm?
Uns Leitkultur mät janz schön Qualm!
Un Millionär bei Jünter Jauch
weede, jo, dat künnt ich auch.
Dat es uns deutsche Leitkultur;
un lighter jeit et nit.
Met nix mät mer hück Inventur.
Hält mih d'r Körper fit.

III
Wir wollen uns von Dir gern leiten
lassen und durch Bücher gleiten.
An Deutschlands Rand blüht Rheinlands Sprache, zweitausend Jahre melting pot,
niemals war hier Kultus-Brache,
doröm trecke mer nit fott.

Links des Rheins, Französje-Land,
sitzt Küpper, schreibt wie eh per Hand.
Wer schriev es Spejel, un mer fass
alles op, röck et zupass.
Schriev noch op, wat söns verjing,
de Erft erav un dann zom Rhing.

Heinz Küpper, unser Jubilar,
der uns ein großer Lehrer war
und weiter ist, er weiter schreibe,
weiter uns begleite, bleibe.

Von dieser Burg, hinab zur Stadt:
Wir lesen uns an Dir nicht satt,
von Buch zu Buch, von Blatt zu Blatt.
Wohl uns, dass man Heinz Küpper hat!

(2000)

Trauerrede Heinz Küpper 28.11.2005

Lieber Daniel, lieber René, lieber Robert, liebe Familie Küpper, verehrte Trauergäste!
Ich wurde gebeten, als einer der Schüler von Heinz Küpper zu sprechen. Ich war dies von 1960 bis 1968.
Er hatte uns als Kinder aufgegriffen und an die Hand genommen. Freundlich schlenderte er mit uns durch einen Kosmos, der St.-Michael-Gymnasium hieß.
Neun Schuljahre, von Sexta bis Oberprima, eine große Seltenheit und heute unmöglich, neun Jahre also, war er für eine fast konstante Lerngruppe der Deutschlehrer.
Ich betone dreimal: Er war *der* Deutschlehrer, er war *Deutsch*lehrer im umfassenden Sinne, und er war wirklicher *Lehrer*. Eine stärkere Form schulischer Prägung ist fast nicht denkbar.
Wie schrien wir auf vor Lachen über den tumben Kannitverstan in Amsterdam, und wie erschreckt verstummten wir über das „fabula te narrat" von Johann Peter Hebel.
Wie schrien wir vor Entsetzen auf bei „Mutter Courage" und bei den Live-Übertragungen des „Auschwitz-Prozesses" und bei „Ruhe sanft, kleine Aster". Und da wollte uns Heinz Küp-

per keine platte Fabula mehr erzählen aus unserem Volk, von uns Menschen. Und dann saßen wir und strömten und ruhten und lachten wieder mit den zärtlichen Menschen in Suleyken. Und dann und wann ein weißer Elefant.

Wir erarbeiteten mit ihm einen Kanon deutscher Literatur. Und den konnte man dann auch fundiert infrage stellen, umwerfen, ergänzen.

Ich glaube, die 60er-Jahre, als er uns hatte, er vor allem die Klasse als Ordinarius führte, die er in „Hermann Rohr und andere" beschrieben hat, diese Jahre waren für ihn als Lehrer das Goldene Zeitalter.

Er hat dies literarisch u.a. in den Texten über seinen – wie er sagte – Chef August Guddorf, seine Kollegen Albert Teichmann, Georg Kuklok, Paul Goeth und – zuletzt und noch unveröffentlicht – Bernhard Kräling bearbeitet. Er schrieb über verstummte Kollegen, deren Leben unrettbar in der Vergessenheit verloren schienen. Hier lesen wir nicht platte Lebensbeschreibungen, sondern: Ein Säkulum wird besichtigt.

Zum Beispiel August Guddorf. Die Zerrissenheit der deutschen Geschichte, der Kampf um die Republik von Weimar, die Nazi-Zeit, werden in den menschlichen Auswirkungen, was Schicksal und Karriere betrifft, bis nach Münstereifel herunter dekliniert. Wenn ein zutiefst gläubiger Katholik, von den Nazis drangsaliert, einen hoch gebildeten Kommunisten zum Bruder hat, warum sollte er einem kleinen Deutsch-Assessor die Behandlung von Bert Brecht untersagen?

In der Oberstufe und danach, in Studium und Beruf, wurden einige der ehemaligen Schüler mit Hein Freund. Gerd Fischer und seine Frau Hanne, ihre Kinder, waren für Hein erweiterte enge Familie. Freunde waren für Hein lebenswichtig.

Am 18. November 2003, auf den Tag zwei Jahre vor seinem Tod, stellte er in Köln, im Dumont-Karree, mein Buch „Dom mit Balkon" vor. Er zitierte dabei Cordelia Edvardson, eine Tochter der Dichterin Elisabeth Langgässer, die über zwei jugendliche Bekannte aus Köln schreibt: „Der ausgeprägte Kölner Dialekt entzückte das Mädchen mit seiner Mischung von Brutalität und spielerischer Zärtlichkeit." Das hat auch Hein immer gefallen. Er hat sich oft als „Kölner" bezeichnet nach seinem regionalen Zentrum. „Köln" stand für ein bestimmtes Selbstverständnis und Selbstbewusstsein, für Lebensansichten, Anderssein in Deutschland und Ort von Sprache.

Als wir junge Schüler waren, ließ er sich von meinen Klassenkameraden von den Eifelhöhen Wörter, Redewendungen, Sprachsituationen nennen, berichten und nacherzählen. Er machte sich Notizen. Da war er ein Bruder Grimm.

Er erzählte gern Witze, jüdische, polnische, vor allem aber kölsche. Tünnes und Schäl gehörten zu seinem Bekanntenkreis.

In „Hermann Rohr und andere" berichtet er über den Erwerb des Wortes „Klör", neben „Färv" eine weitere Variante für „Farbe". Er schreibt: „Ich freute mich daran, dass nur wir es hatten, ein solches kostbares Lehnwort im Dialekt, und die anderen Deutschen eben nicht." (S. 38)

Wer erlebt hat, wie er mit seinem aus Köln stammenden, in Ost-Berlin lebenden Freund Ernst Berger Kölsch sprach, wenn man es selber tat und dann sah, wie er dabei aufblühte und in einer ganz anderen Art gesprächig war, der merkte, dass hier spezielle Saiten zum Klingen gebracht wurden.

Zum siebzigsten Geburtstag erbat er sich als Geschenk ein kölsches Gedicht.

In den letzten Jahren hat er sich intensiv mit Trude Herr beschäftigt, dieser kölschen Wucht, deren Sprachreichtum er bewunderte. Wir denken an das Zitat von der „Mischung von Brutalität und spielerischer Zärtlichkeit".

Wir erinnern uns an seine Schüchternheit, an seinen Witz, seine enorme Kompetenz in literarischen und historischen Dingen, seinen Sarkasmus zum politischen Trallala, viele Frauen an seine Zärtlichkeit, an das einfach so Angenehme, mit ihm durch Münstereifel oder Köln zu gehen und zu quatschen.

Er war ein nicht anstrengender Freund, man freute sich auf die Begegnungen. Wenn man wollte, konnte man jederzeit im Gespräch einen oder mehrere Zacken zulegen und es intellektuell krachen lassen. Man konnte sich aber auch über die brutale Neonwerbung eines Hotels aufregen und den Forellen und Ratten in der Erft zuschauen.

Und man konnte sich daran freuen, von wem Hein bei den Stadtgängen alles gegrüßt wurde: von allen!

Die Hand, die uns einst ergriffen und geleitet hatte, hatte uns – Gott sei Dank! und zu Recht! – schon lange loslassen können.

Aber: Wir können sie jetzt nicht mehr ergreifen.

Wir haben die erfahrenen Prägungen, wir haben die Erinnerungen, und wir haben die Bücher. Und zunehmend mit der Zeit wird mehr und mehr von dem, was Hein war, in seinen Büchern bleiben. Wird in Büchern bleiben.

Wir haben Heinz Küpper zu danken.

Wir haben seiner zu gedenken.

Münstereifel, 28. November 2005

Küpper-Brücke

Jetzt hat die alte Hospitalsbrücke an der Delle endlich einen Namen, den des Schriftstellers Heinz Küpper, der Jahrzehnte in Münstereifel lebte und schrieb und auch am St.-Michael-Gymnasium, à coté der Brücke, unterrichtete.

Ich kannte Heinz Küpper fünfundvierzig Jahre, von 1960 an, als ich bis 1968 sein Schüler war, dann sein Freund wurde. Er war von Sexta bis zum Abitur mein Deutschlehrer, ein Zustand, den es nicht mehr gibt und geben kann. So etwas konnte damals gutgehen, oder auch nicht. Ich weiß wovon ich rede, ich bin im vierzigsten Jahr Lehrer.

Ich soll etwas sagen zu dem Thema „Unser Lehrer, der berühmte Schriftsteller". Nun habe ich siebenunddreißig Jahre nach unserer gemeinsamen Schulzeit nur ganz wenig mit Küpper über Schule gesprochen, mehr über Gott und die Welt, vor allem in ihrer literarischen Erfassung.

Aber ich, wir Schüler, haben natürlich durch den Lehrer Küpper eine starke Prägung, was Sprache und Literatur angeht, erfahren.

Die Kalendergeschichten von Johann Peter Hebel, die häufig auch nachgespielt wurden, Brechts „Leben des Galilei", dessen einleiten-

den Monolog wir bühnenreif einübten, „Sansibar oder der letzte Grund" von Alfred Andersch sind mir als Schlaglichter in Erinnerung. Und dieser gemeinsame literarische Fundus war ihm immer präsent. Als wir einmal
Mitte der neunziger Jahre als ältere Männer in
Berlin-Karlshorst das Kapitulationsmuseum
besichtigten und die schreckliche Posener Rede Heinrich Himmlers über die Judenvernich-
tung in einem Tondokument hörten, sagte
Heinz Küpper: „Wusstest du, dass der Vater
Himmlers der Deutschlehrer und Schulleiter
von Alfred Andersch war?"

Sein Deutschunterricht hatte für Küpper eine
große Bedeutung auch für die literarische Arbeit. Hier konnte er eigene Versuche und Arbeiten ausprobieren, in Kommunikation mit
einer hellwachen, lernwilligen Schülerschaft.
Sein wohl am meisten verbreiteter Text – ,
nein, nicht der Simplicius, sondern die kurze
Erzählung „Sebastian oder Verführung durch
Vernunft", wohl an die zigtausend Mal als
Schullektüre verbreitet, – wurde von uns in
verschiedenen Fassungen, auch als Rollenspiel
erarbeitet und damit auf Verständlichkeit,
Komik, auch Lehrhaftigkeit getestet. Die so
gewonnene und immer noch bestehende Qua-

lität konnte ich 1990 aus Anlass von Küppers sechzigstem Geburtstag erneut beweisen, als ich die Erzählung in einer ganzen Schule Klasse um Klasse durchnehmen ließ.

Dann konnte Heinz Küpper in seiner Funktion als Lehrer die Wirksamkeit, die Akzeptanz von Literatur überhaupt überprüfen, z.B. entlang der Frage: Wie gelang es Theodor Fontane im „Schach von Wuthenow", einer Erzählung von 1882, noch heutige Schüler zu fesseln und zu Reflexion zu motivieren, und: Welche produktiven Lehren kann ich als Autor daraus gewinnen.

Er beobachtete, wie der literarische Kanon, der Stoff seines Deutschunterrichts war, von vielen zukünftigen Intellektuellen aufgenommen und verstanden wurde. Daraus konnte er Schlüsse für sein eigenes Oeuvre ziehen, und das tat er. Nicht zuletzt die Lesbarkeit seiner Romane und der kürzeren Texte ist diesem Ausfluss seiner pädagogischen Arbeit zu danken.

Schule und ehemalige Schüler waren für ihn eine Ressource, auf die er zurückgreifen konnte. So hatte er quasi ein Netzwerk aus Absolventen des Gymnasiums, die Kontakte schufen wie z.B. der Kulturredakteur beim NDR und Radio Bremen Jörg-Dieter Kogel oder der

Germanist und erst kürzlich verstorbene Professor der Uni Siegen Georg Bollenbeck.

Als er am Drehbuch für das Fernsehspiel „Ein Mädchen" schrieb, holte er sich Rat für Katholisches und Liturgisches beim damaligen Theologiestudenten und späteren Bischof der Alt-Katholiken Joachim Vobbe und für Revolutionäres bei mir, da ich damals Mitglied des SDS in Köln war.

„Schule" war für Küpper auch der Erfahrungshintergrund und Steinbruch für einige seiner Arbeiten. Ich nenne nur den Roman „Linker Nebenfluss der Nogat" und das Fernsehspiel „Vier Tage unentschuldigt".

***

Wir ehren heute einen Schriftsteller, der literarisch fast ein Jahrhundert durchschritten hat, der in seinem Brotberuf als unser Lehrer in Deutsch, Geschichte und Philosophie wichtige Impulse setzte und nicht wenige auch zum Schreiben brachte.

Münstereifel hat heute seine Hausaufgaben gemacht. – Und was ist mit Euskirchen?!

(2013)

Heinz-Küpper-Weg

Jetzt ist das erreicht worden, was vor fünf Jahren im Alten Casino angeregt wurde: eine örtliche Würdigung für Heinz Küpper, Sohn dieser Stadt.

Es ist bisher noch nicht herausgearbeitet worden, welche große, ja, zentrale Bedeutung Euskirchen im Werk von Heinz Küpper hat. Als Ort des Geschehens, als ständig präsenter, wie selbstverständlicher Bezugspunkt, als Synonym für eine größere Kleinstadt im Westen der Rheinlande, am Rande des alten preußischen Armenhauses Eifel, ganz im Westen Deutschlands, in Nähe zum frankophonen Europa.

Nicht die Größe und Bedeutung von Köln, nicht die mittelalterliche Puppenstube Münstereifel, nein, Euskirchen. Hier kannte er sich aus, bis in die Menschenseelen hinein, wie wir es ja auch in seinen Fernsehspielen sehen. Und dann die Erfahrungen der Arbeitswelt, die er hier aktiv machte. Sie führten zu sehr realistischen, präzisen Schilderungen von Industrie und den Menschen aus den grauen und rauen Ecken der Stadt, den Straßenzügen des Proletariats und Prekariats. Da war er nicht unbeeinflusst von der Bewegung „Literatur der Arbeitswelt" zu Beginn der Sechziger Jahre, wo er besonders Max von der Grün schätzte.

2001 wurde im Kölner Literaturhaus der Roman „Seelenämter" vorgestellt, und im Feuilleton des Kölner Stadt-Anzeigers titelte der Redakteur Rainer Hartmann :"Euskirchen, Köln, die Welt". Also Euskirchen als Ausgangspunkt der literarischen Arbeiten.

Er wollte nicht nach Berlin ziehen, auch nicht nach Köln. Als ich ihn einmal darauf ansprach, sagte er: „Höchstens nach Neu-Ehrenfeld". Er lebte dann viele Jahre in Münstereifel, nahe an Euskirchen, aber vielleicht aus Selbstschutz nicht in Euskirchen selbst. Das hatte er ja früher jahrelang getan, mit Folgen für Privatleben und Gesundheit.

Jetzt haben wir die Heinz-Küpper-Brücke in Münstereifel und hier den Heinz-Küpper-Weg in Euskirchen. Da haben Freundeskreis, Geschichtsverein, Verleger und Kommunen einiges erreicht. – Aber zur Büste in der Walhalla zu Regensburg wird's hoffentlich nicht kommen!

Aber wir können viel daran setzen, Leser zu gewinnen, Leser für das Werk dieses großartigen Schriftstellers, Historikers, Lehrers. Für Heinz Küpper. Aus Euskirchen.

(2015)

Petitessen

Arbeit an „Zeit in Münstereifel"

1987 dräute im folgenden Jahr die zwanzigste Wiederkehr des Abiturs meiner Klasse und hatte deswegen das Verlangen geweckt, da was Sinnvolles zu machen. Also was zu publizieren. Durch Anregungen, woher auch immer, kam die Idee, ein Sammelbändchen zusammenzustellen, mit kleinen Aufsätzen der damaligen Absolventen, Betrachtungen über die damaligen Lehrer, Stellungnahmen von denen, waren wir doch die bedeutsamen „Achtundsechziger"; demnach: Hallo!

Da ich mit Hein befreundet war und gerade in diesen für ihn aus verschiedenen Gründen so wichtigen Jahren öfters beisammen, sprach ich ihn an und bat ihn um eine gemeinsame Herausgeberschaft. – „Ja". – Nun konnte ich auch seine schönen, schon in einer Schulzeitschrift publizierten Monografien über Teichmann und Guddorf (in dieser Reihenfolge entstanden) aufnehmen, ermunterte ihn, seinen Kollegen Georg Kuklok aus dem Orkus des Vergessens hervorzuholen, und vor allem mit seiner Autorität und seinem Namen ein Einladungsschreiben zur Mitarbeit zu verfassen, vor allem an den ehemaligen Schüler und jetzigen Philosophie-Professor Ulrich Anacker in Köln mit der Bitte um ein Vorwort.

Mehrfach trafen wir uns für das Projekt in Münstereifel, und da parallel die Bemühungen um seine Pensionierung erfolgreich liefen, war er gut gelaunt und beflügelt bei der Sache. – Nun hatte es ihm auch dieser Jahrgang angetan, den er alle neun Jahre von dessen Gymnasialzeit in Deutsch, mehrere Jahre auch in Geschichte und dann in Philosophie (Jaspers) unterrichtete.

1994 schreibt er in einem Brief: „Seit dem Weggang des Abiturjahrgangs 1968 habe ich hier nur noch wenig vernünftige Leute angetroffen, und die sind noch alle berufstätig. So dämmere ich vor mich hin."

Das Büchlein wurde ein Erfolg, wurde in der Lokalpresse (in beiderlei Gestalt) vorgestellt und verkaufte sich gut.

Dass ich für das Titelblatt an das damalige Schulsignet von Günther Neuhaus gedacht hatte, freute ihn.

Ach ja: Und als das Bändchen fertig war, gingen wir beide Herausgeber wie brave Schuljungs gemeinsam ins Marien-Altersheim und überbrachten ein Exemplar mit der Bitte um wohlwollende Kenntnisnahme und Lektüre an

August Guddorf: Hein an seinen ehemaligen Chef, ich an meinen ehemaligen Direktor.

Das verpasste Interview

Nein, es wäre ein Gespräch geworden, nicht so eins en passant, wie wir ja viele geführt haben, nein, ein geplantes, mit bestimmten Themen, roten Fäden, und dokumentiert, auf Tonträger festgehalten, dann gedruckt; wie man es von Interviews kennt.

Seit 1988 hat Hein immer wieder Bezug genommen auf das große Gespräch, das ich mit meinem ehemaligen Klassenlehrer Bernhard Kräling, wenige Tage vor seinem Tod im Elisabeth-Krankenhaus in Hohenlind geführt habe. Diese Form war notwendig geworden, da Küpper und ich als Herausgeber des Bändchens „Zeit in Münstereifel" aus Anlass der zwanzigsten Wiederkehr des Abiturs der 68er-Klasse Kräling unbedingt darin haben wollten. Küpper, der den Kontakt von Kollege zu Kollege herstellte, berichtete, Kräling könne wegen seiner schweren Krebserkrankung nicht mehr selber was schreiben, sei aber zu einem Gespräch, einem Interview bereit. Die stundenlange Aufnahme, das seitenlange Protokoll, der Umfang der angesprochenen Themen, all dies hat Hein beeindruckt, und auch nach der Veröffentlichung und deren Pressevorstellung hat er bei verschiedensten Gelegenheiten immer wieder darauf rekurriert.

Ich denke, bei unserer gegenseitigen jahrzehntelangen Kenntnis und großen Freundschaft hätte das was werden können. Er hat mich nicht darum gebeten; aber wie er in Texten und Gesprächen immer wieder auf den Kräling-Text zurück kam, verrät einiges. Er wartete auf mein Angebot, wie ja auch Kräling letztlich gebeten worden war. Ich habe diese Zeichen wohl bemerkt, aber verschoben, auch im Hinblick auf den doch großen Aufwand, und das bei voller Berufstätigkeit meinerseits. Ich dachte auch, vielleicht kommt einer, der berufener ist. Aber da kam keiner, und vielleicht gab es auch keinen.

Vertan. Es hat nicht sollen sein.

Du und Sie

Zu große Nähe kann eine Beziehung, gar eine Freundschaft trivialisieren. Wie auch zu große Häufigkeit von Treffen.

Heinz Küpper hat es oft bedauert, in früheren Jahren, vor allem in denen des Suffs, mit dem Du um sich geworfen zu haben, dem inflationär gebrauchten „Hein". Er wollte doch gar nicht every bodys darling sein, in scheinbarer Kumpanei, nur weil man sich aus der Schule, nach dem Abitur in gefühlter Augenhöhe, aus der Nachbarschaft an Theke und Tresen kannte.

Es ließ sich aber nicht rückgängig machen. Doch einige Sensible gaben das Du zurück, indem sie es einfach nicht mehr benutzten und zum Sie und dem angemessenen Respekt zurückkehrten. Und auch sie fühlten sich damit wohler.

Ein Gruß aus dem Ilm-Tal

In den Herbstferien 1990 waren meine Frau, mein Sohn Alexander und ich in Thüringen, also auch in Weimar gewesen. Fast einen Tag hatten wir uns für den dortigen Teil des Ilm-Tals gelassen. Das Tal selbst, das Römische Haus, der kleine sowjetische Soldatenfriedhof auf halber Höhe, mit Hammer und Sichel am Eingangstor. Aber dann, was und wie auch sonst, das Goethe'sche Gartenhaus, mit dem kleinen Park drumherum. Und hinten, neben Kubus und Kugel, und einer Schubkarre, standen einige Kastanienbäume. Und da es Herbst war, lagen Kastanien verstreut und zuhauf. Wir steckten einige ein, für uns, und dann vor allem für Hein, dessen Sechzigsten wir in wenigen Wochen feiern wollten. Kein Ginkgo-Blatt, aber was aus Goethes Garten; ein Mitbringsel, in freier Begriffsbestimmung was vom Genius Loci.

Ein Zweikampf um Hirn und Seele

Mein Klassenkamerad und Freund Bernhard Hoffmann war einer der wenigen, nein, ganz wenigen, mit dem ich mich über all die Jahre über Literatur verständigen konnte. Er war unser Klassenprimus, und in den meisten Fächern konnte man von ihm nur partizipieren.

Seine schulischen Leistungen, aber auch sein Wesen machten ihn zu einem Liebling der Lehrer, was uns Klassenkameraden nur selbstverständlich war. Der war einfach sehr nett und konnte sehr viel.

Unsere Klasse hatte quasi eine Doppelleitung: Kräling als Klassenlehrer (Latein, dann später auch Griechisch). Küpper als eine Art Klassenlehrer der Herzen (Deutsch und Geschichte), der eben keine Ordinariatsaufgaben hatte. In den ersten drei Jahren machten wir Abstimmungen über ihre jeweilige Beliebtheit, die Küpper meistens knapp gewann. Soweit, so gut. Bis dann Mitte der Sechziger Jahre Bruno Wegener kam. Der neue Religionslehrer, der den konservativen und unsäglichen Heinrichs ablöste.

Was war das? Ein ganz neuer Stil, ja, eine ganz neue Religion! Hatten wir vorher ganze Passagen des Grünen Katechismus auswendig gelernt, mussten wir mittwochs nach der Schulmesse in der Folgestunde den Inhalt der Predigt nacherzählen, kam jetzt einer, für den das alles Schnickschnack war, der ironisch war, spotten konnte, von seiner Bildung keinen Hehl machte, und nach dem zerbrechlichen Heini wie ein großer Berserker da stand, der auch noch gut Handball spielen konnte. Man war hin und weg. – Und er band uns ganz anders und wieder an diesen zweitausend Jahre alten Verein. Das war nicht mehr eine heruntergekommene Baracke mit Kerkern und Verliesen, das war ein Palast mit tausend Zimmern! Wir wollten unter seiner Anleitung auf Erden schon das Himmelreich errichten.

Küpper verlor an Attraktivität. Gegen Kräling hatte er bestehen können. Aber gegen diese Speerspitze aus Köln, die alles anders machte, auch in die Schulorganisation eingreifen wollte, in pfingstlichem Brauen.

Dazu kamen Heins persönliche, privaten Probleme. Er sackte ab. Ein neuer Stern war aufgezogen und zog alle in seinen Bann. Auch uns, und da eben auch Bernhard Hoffmann, den Liebling Krälings und vor allem Küppers. Wegener war erschienen, ein Heilsbringer. Er band die Intelligenten der Stufe an sich, lud sie zu wöchentlichen Seancen bei philosophischen Texten und reichlich Wein in seine Wohnung nach oben, nach Rodert.

Und in der Prima ging es auf die Berufswahl zu. Vor allem Bernhard war im Fokus der Lehrer. Welchen Weg würde er gehen?
Er ging den des Theologiestudiums, nicht mit akademischen Zielen; dies nicht und auch nicht auf den Spuren seiner dominikanischen Onkel, die alle Karriere in Oldenburg und Walberberg gemacht hatten. Nein, Weltpriester wollte er werden. Und Praktika machte er natürlich bei Bruno Wegener. Küpper hatte seinen besten Schüler im Zweikampf mit Wegener verloren.

Bei der Primizfeier in St. Peter in Ehrenfeld tönte Hein laut in Richtung Wegener, bestimmte Vorteile seiner Lebenswahl hervorhebend, er habe in den letzten Wochen mit zwei

Abiturientinnen geschlafen. Darauf Wegener: „Un, wor et schön?"

Aber auch die special relationship mit Wegener hielt nicht. Bernhard schildert ihn später in einem Aufsatz zitierend: „Dominus flevit."

Überhaupt mit Münstereifel wollte Bernhard, um den doch im dortigen Gymnasium, dem Erzengel Michael geweiht, so erbittert gekämpft worden war, nicht mehr viel zu tun haben. Zwei-, dreimal erschien er auf Klassentreffen, schrieb 1988 den ober erwähnten Text für eine Erinnerungsbroschüre, und nur mit wenigen aus der alten Klasse hielt er noch Kontakt; aber nur, wenn diese sich darum kümmerten.

Wenige Jahre vor Bernhards Tod versuchte Heinz Küpper einen Kontakt wieder aufzubauen, durch einen regelmäßigen, so vierzehntägigen Briefaustausch zu institutionalisieren. Es wurde zu einer einseitigen Korrespondenz. Hein schrieb und schrieb. Bernhard antwortete so nicht. Er ließ einmal anrufen und kam einmal in Münstereifel vorbei.
Hein hatte den Zweikampf mit Wegener verloren, dann den Gegner Wegener. Und letztlich

den, um den es in diesem Zweikampf gegangen war.

Förderungspreis 1965

In diesem Jahr erhielt der große deutsche Komponist aus dem Rheinland Bernd-Alois Zimmermann den Musikpreis der Stadt Köln. Und wie jede rheinische Weinkönigin ein paar Prinzessinnen zur Seite hat, hatte man hier auch dem großen Hauptpreisträger vier Nachwuchskünstler beigesellt, die einen Förderpreis erhielten: neben dem Bildhauer Rudolf Peer, dem Musiker Manfred Niehaus und dem Maler Willy Meyer eben unseren Schriftsteller Heinz Küpper.

Der wie Küpper geförderte Komponist, Jazzer, Rundfunkredakteur Manfred Niehaus ist 2013 im Alter von achtzig Jahren gestorben. Als Münstereifler Schüler hatte ich Niehaus im Kölner Theater „Der Keller" kennengelernt, einer wichtigen Avantgarde-Bühne, die viele berühmte Schauspieler aus ihrer Schule hervorgebracht hat (u.a. Flimm, Landgrebe, Feik, Lauterbach, Griem, Schweiger). Theater und Schule hatten zwei Leiter: Marianne Jentgens und Heinz Opfinger. Mit dem waren meine Eltern, noch nicht verheiratet, nach dem Krieg zusammen auf der Schauspielschule gewesen. Manfred Niehaus wieselte in vielen Funktionen durchs Theater: als Schauspieler, als Hauskomponist, als Autor, als Regisseur.

Hier und in diesem Milieu und in Freundschaft mit Niehaus wuchs Thomas, der Sohn von Marianne Jentgens, auf. Damit das aber mit dem Abitur klappte, wurde er für die letzten zwei Jahre nach Münstereifel ins St.-Michael-Gymnasium geschickt, wurde mein Stufenkamerad und wohnte bei uns, aus alter Verbundenheit meiner Mutter mit Opfinger/Jentgens.

Und Klassenlehrer wurde Heinz Küpper, dem Geförderten von 1965. Damit wuchs auch eine Verbindung der Stufe zum Kellertheater, das mehrfach besucht wurde.

Aber über eine Begegnung Niehaus/Küpper ist weder Thomas noch mir was bekannt. Die hatten halt 1965 ihre gemeinsame Förderung erhalten und waren dann ihrer Wege gegangen. Und Thomas Jentgens war die Klammer.

Gänge

Als Heinz Küpper noch auf Erden wandelte, fanden viele dieser Gänge in Münstereifel statt.

„Im übrigen laufe ich als teils mürrischer, teils geschwätziger alter Mann durch die Stadt." (Brief v. 02.10.93 an Bernhard Hoffmann)
Allein also und mit Gästen, aber da in besserer Stimmung, ging er die Längsachse Werther-straße/Markt/Heisterbacher Straße und re-tour. Die Parallele Langenhecke/Orchheimer Straße mied er. Auf der erstgenannten so be-lebten Straßenfolge kannte man ihn, grüßte ihn auf Schritt und Tritt als bekannten ehemaligen Lehrer von Vielen und anerkannten Schrift-steller. In dieser Kombination konnte keine Stadt des Kreises Euskirchen, Deutschlands, der Welt Münstereifel das Wasser reichen. Quasi immer entlang der Erft, von Küpper literarisch „de Baach" genannt.
Ihm war dies ein immerwährender Faust'scher Osterspaziergang, getragen von Achtung, gar Bewunderung der Bevölkerung: „Herr Doktor, das ist schön von Euch,/dass Ihr uns heute nicht verschmäht/und unter dieses Volksge-dräng',/als ein so Hochlahrter geht." (Zeilen 981 bis 984)

***

Gänge in Köln wurden verabredet. Meist rief er an, wegen einer Ausstellung, eines Ereignis-ses wie einem Berger-Besuch, oder einfach so.

Meist traf man sich vor dem Hauptbahnhof, diesem königlichen Einfallstor zu Dom und Stadt. Mal schlug er was vor, mal ich, mal ließen wir im Gange die Stadt auf uns zukommen. Diese Gänge waren unterhaltsam und anregend. Keiner musste oder wollte dem anderen einen zeigen. Man war assoziativ im Abendland zu Hause. Es gab kein Ranking von Themen; man wusste in etwa, was der andere wusste, und konnte so vieles an Worten sparen. Wir legten Wert auf die allmähliche Verfertigung der Gedanken beim Reden, wie einer geschrieben hatte, dessen Gedenkstein wir mal gemeinsam am Kleinen Wannsee in Berlin besucht hatten.

Gern gingen wir in romanische Kirchen und Neubauten von Böhm, Vater und Sohn. Auch immer wieder in die Antoniterkirche an der Schildergasse, der ersten protestantisch umgewidmeten Kirche im alten Stadtgebiet. Natürlich und vor allem wegen Barlachs Engel, den er mal als „Käthe Kollwitz als Zeppelin" bezeichnete.

Manchmal wünschte er was, und oft zeigte ich ihm Ecken, die ich eben als ständiger Kölner Promeneur kannte.

Goethe – Stieler – Küpper

Das waren schon kuriose Lehrer in Münsterei-
fel in dieser gelben Enklave des Gymnasiums.
Als ich sie 1960 betrat, erlebte ich ein Tun und
Treiben dieser Studienräte, wie ich es selber als
Pädagoge im Schuldienst nie mehr erlebt habe.
Der Stellv. Direktor Dr. Renn verkaufte das
Eifeljahrbuch mittels aus Schülerkreisen rekru-
tierten Verkaufshelfern, der Biologe Dr.
Teichmann warb für die Zeitschrift „Der Tier-
freund" bei den jüngeren Jahrgängen, der Religionslehrer Heinrichs vertrieb den katholischen Jungenkalender „Komm mit!", der Eng-
lischlehrer Kips die Zeitschrift „Junior World
and Press", August Guddorf, der Direktor
höchstselbst, machte durch schullaufbahnlange
kostenfreie Lockangebote nachabiturliche zah-
lende Abonnenten und Vereinsmitglieder des
VAMÜ, des Vereins der ehemaligen Schüler
und Lehrer des St.-Michael-Gymnasiums; dann
noch der Musiklehrer Paul Goeth, der Musi-
ker- und Dichterbiografien „Bilder aus seinem
Leben" z.B. Bach, Goethe an die Schüler
brachte. All diese Aktivitäten dienten letztlich,
und waren wohl auch nur so begründbar, dem
intellektuellen Fortkommen der Eleven.

Heinz Küpper hat Goeth in seinem Text „Gestorbene Schüler" in „Hermann Rohr und andere" ausführlich beschrieben, und so neben Guddorf, Teichmann, Kuklok, Kräling einen weiteren Kollegen porträtiert.

Ich habe u.a. bei Goeth das Bändchen „Goethe – Bilder aus seinem Leben" gekauft, das nach dem Mottogedicht „Zum Sehen geboren,/zum Schauen bestellt" auf achtundvierzig Fototafeln des Goethe Leben darstellte. Dieses Büchlein hat mich seit 1960 mein Leben lang begleitet und war mit Grundstock meiner jetzt fast siebentausendbändigen Bibliothek. Wie oft habe ich mir die Goethe-Bilder besehen, denn Goethe war ja Goethe; eben der Goethe!

Auf Tafel 35 sieht man eine Reproduktion des Gemäldes von Joseph Karl Stieler aus dem Jahre 1828. Dieses beeindruckende Bild zeigt den späten Goethe, frontal dem Betrachter gegenüber, er schaut an einem vorbei und hält in der rechten Hand einen Brief, den Schluss eines Gedichtes des bayerischen Königs Ludwig I., der dieses Porträt des Olympiers auch in Auftrag gegeben hatte.

Dieses mir von Kindsbeinen so vertraute Bild fand ich später in einer größeren Reproduktion in Küppers Arbeitszimmer, es zog immer wieder mit um und bekam später als Nachbarn übers Eck Hoppers „Nighthawks".

Dieser Goethe schaute Hein beim Schreiben über die Schulter, sah im beim Zigarettendrehen zu, hörte seinen Gesprächen mit welchem Besucher auch immer zu und besah sich das Trockenreckchen mit den gewaschenen Socken.

Hubertuswege

Weniges ist mir aus meiner Schulzeit am St.-Michael-Gymnasium geblieben, an materiellen Relikten. So ein Drittel eines DIN-A4-Blattes, 1967 von Heinz Küpper ausgeteilt für eine Deutsch-Klassenarbeit der OIa, also für eine der zwei Oberprimen. Ein einstrophiges Gedicht, darüber steht: Peter Huchel „Der Garten des Theophrast".

Huchels Freund Heinrich Böll, der ihm den Weg zur Ausreise aus der DDR ebnete, war auch Küppers Freund, wenn man es so nennen will. Küpper schätzte Huchel sehr, ähnlich wie Benn; beide nahm er mit und vermittelte sie in seinem Unterricht. – „Der Garten" ist kein einfacher Text, und ich weiß nicht, wie viele Schüler ihn zur Interpretation gewählt haben.

Seit 1997 gibt es in Wilhelmshort, einem Ortsteil der Gemeinde Michendorf im Landkreis Potsdam-Mittelmark eine Gedenkstätte „Peter-Huchel-Haus", auf dem Hubertusweg.

Ich saß mal auf dem Sofa in Küppers Wohnzimmer mit Blick auf die Gleisanlage der Stichbahn und die gegenüberliegenden Wälder und den ekligen Hotelklotz darin, und saß hier im Haus Hubertusweg 17, in Küppers letzter, schöner, geräumiger Wohnung in Münstereifel. Ich nannte Huchels langjährige Paralleladresse Hubertusweg. Hein lachte, und wir suchten nach tieferer Bedeutung. Und an die Arbeit erinnerte er sich nicht mehr, wohl an das Gedicht und dessen Widmung „Meinem Sohn". Wir sprachen noch über Theophrast und über Holzwirtschaft im antiken Griechenland und im heutigen Kreis Euskirchen.

Im Goethe zu Hause

Es war eine dieser sehr schönen Feiern im Hause Fischer in Groß-Vernich, man saß zu vielen an einem langen Tisch, aß und trank. Auch Heinz Küpper, wie so oft, war dabei. Es war spät geworden, und einer ging mit einer letzten Flache Wein und schenkte ein. Da zitierte ein ehemaliger Küpper-Schüler: „Es geht just noch einmal herum". Der Satz sollte schon untergehen, doch Küpper hatte ihn gehört, er schaute auf und sagte: „Das kenne ich!" Und er dachte nach, und dann: „Das ist aus dem Götz. Die Szene im Saal, die an das letzte Abendmahl erinnert. Da spricht der Götz auch vom Tod".

Letzter Besuch

Aus meinem Tagebuch v. 2. Oktober 2004:
„Nach dem Besuch des Michelsbergs zum Friedhof, das Grab meines Vaters gerichtet, zum Hubertusweg, zu Hein. Zu dritt in die Stadt, im „Höttche" was gegessen, wieder zu Hein. Im Wohnzimmer gesessen und gequatscht (Goethe, die studierenden Söhne, Hitler-Film). Wieder in die Stadt, schlechter „Michaelis"-Markt. Kaffee. Zum Parkplatz, Verabschiedung von Hein, der weiter zum Hubertusweg. Um halb Sechs wieder in Köln."

Museumsgänge

Meine Kleinfamilie war mal wieder in Berlin und wir saßen im Café des Historischen Museums im Zeughaus. Da rief mein Sohn: Da sitzt ja Heinz Küpper! Ja, tatsächlich, und: Hallo!.

Natürlich waren Heinz Küpper und ich hier; wo sollte man sich sonst in Berlin als Deutscher und als Historiker treffen? – Wir gingen dann durch die ständige Sammlung, manchmal getrennt, dann wieder traf man sich an Knotenpunkten, und „Wichtiges" machte man gemeinsam. Aber für uns war hier nur Wichtiges. Am blauen Gehrock Friedrich des Großen standen wir länger, jeder dachte sich seins, und manches an deutschen Dingen kommunizierten wir hier vor dieser Vitrine mit dem abgetragenen und vom Schnupftabak noch bekleckerten Textil.

Wir verabredeten uns für den folgenden Sonntag zum Besuch des Köpenicker Schlosses, Treffpunkt am Denkmal des Hauptmanns vor dem neugotischen Rathaus. Dort erzählte ich Hein, ich sei vor Jahren bei einem Besuch meiner luxemburgischen Verwandtschaft auf dem dortigen alten Friedhof gewesen und habe das Grab von Wilhelm Voigt, eben jenem Zuckmayeresken literarischen Hauptmann, gefunden. Hier war der auf seiner lebenslangen Suche nach einem Pass gelandet. – Bei schönem Wetter saßen wir im Innenhof des Rathauses und aßen Salat mit Geflügelstreifen, wie die aufbewahrte Rechnung verrät. Wir gingen zum Schloss, das war aber noch gar nicht fertig, geschweige für das Museum geöffnet. Da schlug Hein vor, per Bahn nach Karlshorst zu fahren und das dortige Kapitulationsmuseum im Gebäude der ehemaligen sowjetischen Militäradministration zu besuchen. Vorgeschlagen, getan. Küpper war vor Tagen schon hier gewesen, man erkannte ihn an der Garderobe. Das freute ihn. Er erklärte uns, das Museum hier sei angelegt, dass man im zweiten Stock begänne und sich dann runter arbeiten würde. Das sei hier genau so wie in Beate Uhses Erotik-Museum am Bahnhof Zoo. – Wir gingen gemeinsam, da war aber nicht viel zu reden. An einer Station, wo man die Posener Rede Himmlers lesen und hören konnte, erinnerte Hein daran, dass Himmlers Vater als Münchner Gymnasialdirektor der Lehrer von Alfred Andersch gewesen sei, dessen „Sansibar" wir ja in Münstereifel behandelt hätten.

***

Zu dritt hatten wir uns mal vor der damals noch existierenden Kunsthalle am Josef-Haubrich-Hof, direkt am Neumarkt, verabredet: Heinz Küpper, Ernst Berger und ich. Ernst Berger hatte mal wieder aus der DDR frei bekommen, weil er ja seit Jahrzehnten über die Widerstandsgruppe der Kölner Edelweißpiraten schrieb, nicht fertig wurde und wieder und wieder vor Ort recherchieren musste. Wir trafen uns also, um die große Keltengrab-Ausstellung zu besehen. Die Räume waren richtig voll, aber der sehr große Berger und ich als Dicker nahmen Hein zwischen uns und schnell waren in erster Reihe. Eigentlich wussten die Beiden „alles", waren vorbereitet und zeigten nur ab und zu auf den einen oder anderen Satz der Erläuterungen. Sie wollten die Originale mit eigenen Augen sehen. Leider konnte man nichts berühren, die Glätte des Helms, das Poröse der Knochen, die Holzsplitter vom Schild. Aber das kannten wir drei Katholiken ja von unseren Heiligenreliquien, die einstens nur deswegen verwahrt und gezeigt wurden, um berührt zu werden und unmittelbare Nähe zu schaffen. Aber das dürfen wir ja nicht mehr.

Wir trösteten uns nach einem kleinen Spaziergang mit Kölsch und Wasser (Hein) im „Weinhaus Vogel" auf dem Eigelstein.

***

Ich hatte die Gelegenheit, Ende 1993 an einer Führung durch die große Lochner-Ausstellung nur für Kölner Lehrer teilzunehmen. Diese Führungen waren sehr begehrt, wir haben ja auch tausende Lehrer hier, und alle kunstinteressiert. Und dann auch noch Lochner! Ich rief Hein an und fragte, ob er mitkommen wolle. Der: Er sei aber kein Lehrer mehr und auch kein Kölner. Ich sagte „Quatsch!", er kam und freute sich diebisch. Endlich Kölner!

Ähnlich ging es zu in der Edward Hopper-Ausstellung im Museum Ludwig. Und so oft kam er auch nicht an eine leibhaftige Kuratorin des Museums heran.

Er hatte ja schon lange einen Druck von Hoppers „Nighthawks" an der Wand gehabt, im rechten Winkel zum Goethe-Porträt. Ein ihm wohl nahegehendes Bild. Das war hier auch ausgestellt, und es war der unbestrittene Mittelpunkt. Alle wollten es sehen, und zwar direkt. Auch Hein, noch vor Beginn der Führung. Besonders faszinierte Hein dann das kleine, frühe Bild „Einsame Figur in einem Theater" und „Automat", das eine Frau in Hut und Mantel allein an einem Tisch in einem nächtlichen Automatenrestaurant zeigt. Zweimal kehrte er dahin zurück und wollte auch nicht darüber sprechen.

***

Im Münstereifeler Hürten-Museum waren wir zusammen nie.

Neuanfang

1986 erschien nach längerer Publikationspause die „Kriminalerzählung" „Wohin mit dem Kopf?". En Vogue war derzeit die Welle der Köln-Krimis, die sich ja dann bekanntermaßen über die Region, ja, das ganze Land ausbreitete und auch kommerzielle Erfolge bis in unsere Tage bringt. Als alles begann und im Emons-Verlag erste Bändchen erschienen, wollte auch Küpper über diese Schiene wieder ins Geschäft kommen, aber Emons schickte ihm das Päckchen mit dem Typoskript wieder zurück. Über Umwege und bei finanzieller Beteiligung fand sich ein Kleinverleger.

Eines Morgens rief Küpper bei mir an, er habe über Bekannte einen Lesetermin zu einer Sonntagsmatinee in der Liberalen Gesellschaft, einem FDP-Freundeskreis, bei mir um die Ecke in der Roonstraße, den es dort und überhaupt nicht mehr gibt. Ob ich könne, er möchte nicht allein dorthin, neben einem Verlagsvertreter mit einem Stapel Bücher. Wohl zehn Liberale und Freunde der Literatur waren um 11 Uhr da, einer brühte Kaffee auf und sprach dabei einleitende Worte. Hein las wohl eine knappe Stunde, einer fragte noch was, drei kauften und baten um eine Widmung; das

war's dann. – Es war ein schöner Sommer-
sonntag, und wir gingen die dreihundert Meter
zu meiner Wohnung. Deprimiert war er nicht.
„Immerhin!", sagte er. Und sprach von seinen
literarischen Vorhaben und von Leuten, die er
kannte. Dann frühstückten wir noch in alter
Vertrautheit, gemeinsam mit meiner Frau.

Rheinisch un Standarddeutsch

Wir hatten etwas ganz Wichtiges gemeinsam:
die Zweisprachigkeit.
Das Hochdeutsche, was man heute Stan-
dardsprache nennt, und den Dialekt.
Die Sprache des kleinsten gemeinsamen Viel-
fachen in Deutschland, Österreich, Teilen der
Schweiz, die Lingua Franca, ja, die Sprache der
Literatur; aber auch das Verkopfte, Elaborier-
te, die vor allem geschriebene Sprache. Der
Dialekt, die gesprochene Sprache.

***

Wir sprachen je nach Gusto, Gegebenheit und
Gelegenheit unterschiedlich: Er rheinisch und
so, wie die Voreifler sich Kölsch vorstellen, ich
Kölsch. Dann aber auch, wenn andere im
Rheinland Lebende dabei waren, eine Art
Hochdeutsch, wie Rheinländer sich Hoch-

deutsch denken. Ja, und auch richtig Hochdeutsch. Aber Hallo! Nur der Singsang blieb.

***

In der kurzen Erzählung „Erwerb eines Wor-
tes" im „Hermann Rohr und andere" schildert
Heinz Küpper folgendes: Im Herbst '44 habe
er als damals noch Fünfzehnjähriger über seine
Cousine Christinchen das dialektale Lehnwort
„Klür" für Farbe kennen gelernt. Er nennt es
im Text zu Recht „rheinisch", denn Kölsch ist
es nicht, es hieße dann „Klör". Da legen wir
Kölschen schon Wert drauf. Wir sind ja keine
Landbevölkerung.
Dies ist ihm aber ein Ereignis, das wie TM
sagen würde, „buchenswert" ist.

***

Für Ernst Berger, Heins Freund und Schrift-
steller-Kollegen, war die Sache klar; so wie sie
Hein jedenfalls im „Zaungast" schildert:
„Ernst degradierte das Eifeler Platt zu einem
missratenen, missgeborenen Imitat der ins
Land ausstrahlenden kölschen Leit- und
Hochsprache." (S. 200)

***

Wenn wir, besonders bei Gängen, so miteinander sprachen, stellte sich eine angenehme Wohligkeit ein. Man fühlte sich in vielerlei Hinsicht zu Hause. Im Dialekt waren wir entre nous.

Wir konnten wie alle anderen kommunizieren, aber darüber hinaus noch ganz anders, noch viel tiefer, emotionaler, selbstverständlicher. Heimspiel, Heimrecht, Heimat.

Tod, Trauerfeier, „Grab"

Heinz Küpper sei gestorben. Ich glaube, es war Hanne Fischer, die uns informierte. Wir verabredeten uns in Euskirchen, wo er bei einem Bestatter aufgebahrt war. Meine Frau und ich nahmen unseren einundzwanzigjährigen Sohn mit; er kannte Heinz Küpper ja auch schon lange, aus Münstereifel, aus Köln, war auch Gast beim Siebzigsten auf der Burg gewesen, und bei seiner Kommunion in St. Aposteln war Hein dabei. Wir trafen uns in Euskirchen vor der Tür.

Heinz Küpper lag in einem Nebenraum im offenen Sarg, mit einem längeren Bart. Für meinen Sohn war es die zweite aufgebahrte Leiche, nach Kardinal Höffner in St. Gereon. Man konnte sitzen und hinschauen. Wir sprachen ein stilles Gebet. Werner Biermann kam, und wir besprachen draußen Modalitäten der Trauerfeier.

Die fand bei trübem Wetter in und vor der Trauerhalle auf dem alten Friedhof in Münstereifel statt. Es waren sehr viele Menschen da, ich erkannte ehemalige Schüler, Kollegen, Freunde, Literaten, Münstereifler.

Neben der Urne stand eine gerahmte Fotografie, man hatte seine Bücher daneben gelegt. Ausschnitte aus seinem Werk wurden von Werner Biermann, dem Journalisten Manfred Lang und mir vorgelesen. Ich sprach noch ein paar persönliche Worte, auch als ehemaliger Schüler. In langem Trauerzug ging es um die Halle herum zu einer Mauer, wo die Urne in ein Fach gestellt wurde. Das erhielt später eine Deckplatte mit Namen, Daten und der Sentenz „Wer schriev, der bliev". In einem nahegelegenen Lokal gab es den Totenkaffee. In Gesprächen beschloss man, bald zu der Gründung eines Freundeskreises einzuladen.

Wie hast du's mit der Religion? (Faust: V.3415)

Ein zuverlässiger Münstereifler, auch er ehemaliger Küpper-Schüler, mir durch Kalkarer

Moor und Katholische Jugend verbunden, erzählte mir, er habe eines Weißen Sonntags
Hein Küpper an Schultes Eck getroffen, der
sich interessiert die Prozession der Kommuni-
onskinder zur Jesuitenkirche (über die heutige
Heinz Küpper-Brücke) anschaute. Auf die
Frage, was er denn hier mache, sagte er, er
zähle die.

Nun ja, Statistik, soziologisches Interesse, de-
mografischer Wandel, Niedergang der Kirche;
geschenkt! Aber das wusste er eh, aber er wollte es doch mit eigenen Augen sehen und sich
seins denken. – Bei der Kommunion meines
Sohns Alexander in den Neunzigern in St.
Aposteln in Köln war er dabei, und war entsetzt ob der kleinen Zahl von drei Kindern in
dieser zentralen, großen, bedeutenden romanischen Kirche, im Heiligen Köln, der treuesten
Tochter Roms. Und er war betrübt; anders
kann man es nicht sagen.

∗∗∗

Zu Religion allgemein äußerte er sich auch,
aber zumeist über ihre fassbare Konkretion
Katholische Kirche. Da kannte er ja auch den
Stallgeruch.

Seine geäußerten Ansichten richteten sich nach
den jeweiligen Adressaten; mit den Heiden

konnte er lümmeln, mit Atheisten und Agnostikern je konkret philosophieren. Mit mir war er zu Hause: Rheinland, Kirche, Kölsch.

Wir gingen gern zusammen in Kirchen, er stellte wohl auch mal ein Kerzchen auf. Es war der uns so vertraute gemeinsame Mief und Möff. Die Dom-Phobie Bölls teilte er nicht, und er verfolgte die Kuriosa rund um Bölls „Wiedereintritt" in die Kirche für den korrekten Ritus bei dessen dörflicher Beerdigung.

***

Ihm gesamten Werk finden sich, oft lange, Passagen, die sich mit Kirche, auch Religion, vor allem aber mit Katholizismus, den Riten und Gebräuchen und dem entsprechenden Personal beschäftigen.

Küppers monografische Beschäftigung mit August Guddorf, seinem Chef, meinem Direktor, gewinnt ja dadurch ihren Reiz, dass diese so wichtige Figur für ihn in ihrer katholischen, barocken Güte an die Seite von dessen Bruder, des kommunistischen Intellektuellen Wilhelm Guddorf gestellt wird. Zwei Pole deutscher Geschichte, die Küpper zeitlebens als Historiker, Schriftsteller, Lehrer beschäftigt haben. – Und dann hatte er auch noch das Glück, Ernst Berger zum Freund zu haben, Kölner, Ost-

Berliner, der beides zugleich in einer Person war: Katholik und Kommunist; was man so Katholik und Kommunist nennen kann.

***

Und so konnte er viele in sein Universum einordnen: die Genannten, dann den leibhaftig in Rom gesehen italienischen Intellektuellen Pacelli (Pius XII.), den zeitgenössischen Polen und Ostblock-Knacker Wojtyla (JPII), den ehemaligen Schüler, liturgischen Berater seiner Fernsehspiele und altkatholischen Bischof Joachim Vobbe, und dann als Gipfel seinen Lieblingsschüler, seinen besten, seinen am höchsten kultivierten Schüler, den Adressaten seines mehrjährigen einseitigen Briefwechsels, den Pfarrer unserer Römisch-Katholischen Kirche: Bernhard Hoffmann.

Und alle sind tot; die Genannten, Heinz Küpper. R.I.P.

Wohnungen

Heinz Küpper hatte sich endgültig entschlossen, nach Münstereifel zu ziehen; zuletzt wohnte er, glaube ich, möbliert in der Karlsstraße in Euskirchen. – Zunächst dieses Haus auf der Windhecke, in der Ashfordstraße, mit seiner zweiten Frau. Alles wirkte karg, die nie belampte nackte Glühbirne in der Diele als Symbol für die ewige Unwirtlichkeit unseres Lebens.

Hier feierten wir seinen Fünfzigsten; wir waren mit einer kleinen Delegation ehemaliger Schüler da, und ich lernte den Schriftsteller und alten Küpper-Freund Ernst Berger aus Ost-Berlin das erste Mal kennen, und wir sprachen über die großen Ideen aus den Zwanziger Jahren, über Rosa Luxemburg, über Karl Korsch, Wilhelm Guddorf, dann über die ekelhaften Moskauer Prozesse, wie man mit Bucharin umgegangen war, dann über die Anfänge der DDR, die sich als das bessere Deutschland gerierte und die großen Hoffnungen, die sich mit Namen verbanden, die wir uns in einem name dropping gegenseitig zuwarfen. Dann über uns, die Achtundsechziger, die wir ja alles besser wussten und oft von der Revolution in den langen Marsch durch die Institutionen zogen und dann in den öffentlichen Dienst; aber immer im Bewusstsein, dass man auch hier Gutes tun könne.

Neben all den privaten Problemen war das Haus zu weit weg von der Kernstadt; was sollte er hier oben, eine einzelne Glühbirne am

Rande der Zivilisation, an der Wasserscheide zur Wildnis.

Es folgten mehrere kurzzeitige Wohnungen, deren Reihenfolge ich nicht ganz zusammen bekomme. – Am Klosterplatz, wo er sich über den tagelangen hautnahen Kirmeslärm beschwerte. – Unten in der Kölner Straße, schräg gegenüber vom Bahnhof, über den Hinterhof zu erreichen. – In der Braugasse im Zentrum, wo, als ich ihm zu irgendeinem Geburtstag gratulierte, auch mehrere aus seinem weiblichen Fankreis mit Kuchen vorbeikamen. Das hatte er gern. – Und dann, Ende der Achtziger Jahre für mehrere Jahr in der Fibergasse, dem Gymnasium gegenüber, über dem Griechen in der alten Mälzerei, die ich nur als Melders Kartoffelkeller kannte und wo wir Anfang der Sechziger Ratten jagten. Da schaute er aus dem Flurfenster, wenn man sich angesagt hatte, und dann, wenn man wieder fortging. Hier hat es dann auch mal gebrannt, und seine Bibliothek musste aufwändig getrocknet werden. Hier erlebte er auch seine Pensionierung: Endlich! – Und dann der Hubertusweg 17, auf der Beletage, mit Putzfrau, jüngstem Sohn und Goethebild. Daheim.

Zaungast Goethe

Zu seinem Sechzigsten im November 1990, zu feiern bei Fischers in Groß-Vernich, lud Hein mit einer Parodie auf eine Goethe'sche Strophe aus dem „West-östlichen Diwan" ein:

Und ich möchte meine Freunde,
alt und neue um mich sammeln,
gar zu gern in deutscher Sprache
stammeln, schrammeln, gammeln, rammeln.

Mit Goethe durfte er sowas machen; es war sein Goethe, der aus Kopf und Hirn, Sinn und Bücherregal, und aus dem Bilderrahmen an der Wand.

In „Der Zaungast" sagt ein literarisches Alter Ego Küppers, Georg Ferver, auf das Ginkgo-Gedicht aus dem Diwan Bezug nehmend: „Ich kenne ihn nur von Goethe her" (S. 53). Und weiter heißt es: „Selten ließ Georg heraushängen, dass er es mit Goethe hatte, es war den Leuten nicht angenehm, nicht geheuer in Deutschland" (ebd.).

Bei eingangs erwähnter Geburtstagsfeier beschloss ich meine kurze Rede auf Hein mit

einer originalen Strophe aus dem Schenken-
buch „Saki Nameh" des Diwans:

Nennen dich den großen Dichter,
Wenn dich auf dem Markte zeigest;
Gerne hör ich wenn du singest
Und ich horche wenn du schweigest.

Zum Schluss

Bis 2003 kannte ich die Schriftstellerin Cordelia Edvardson nicht. 2012 ist sie gestorben,
und im Heft 45/'12 erschien im „Spiegel" ein
Nachruf, was ja schon was heißt.
Auf den Tag zwei Jahre vor seinem Tod, am
18.11.2003, hat Heinz Küpper im Kölner Stu-
dio Dumont in der Breite Straße (Gerd Fischer
war auch dabei) mein gerade erschienenes
Buch „Dom mit Balkon" vorgestellt. Vorher
war er schon bei allen Buchvorstellungen dabei
gewesen, aber für dieses Mal hatte ich um sein
Wort gebeten; er hat es ergriffen und nicht nur
mir ein literarisches Vermächtnis hinterlassen.

Wir gingen unterschiedlich miteinander um. Er
hat mir fast alle Manu- und Typoskripte seiner
Arbeiten in Rohfassung geschickt und um
Kommentar und Anmerkungen gebeten. Auch

bei einer größeren Werkstattlesung in seiner viel zu kleinen Wohnung in der Fibergasse war ich dabei, wo er unter reger Anteilnahme der Zuhörer und Zuschauer in seinen Blättern wühlte, suchte, dann auch fand. – Mehrfach konnte ich ihm auch Anregungen geben (z.B. Trude Herr) und ihn mit Material versorgen (alles Köln Betreffende).

Ich schickte ihm nichts vor Erscheinen meiner Bücher. Ich konnte und wollte nicht über den Schatten des ehemaligen Schülers (alle neun Gymnasialjahre !) springen. Wie gesagt, bei allen Buchvorstellungen war er dabei, auch bei Lesungen in Münstereifel.

***

2003 sprach er also erstmals öffentlich, dazu in Köln, zu einem meiner Bücher.

Und er begann mit der mir bis dahin unbekannten Cordelia Edvardson.

Heinz Küpper: Buchbesprechung

Cordelia Edvardson, außereheliche Tochter der Dichterin Elisabeth Langgässer und eines jüdischen Vaters, hat ein Buch über ihren Leidensweg im Deutschland der Nazizeit geschrieben, das auch – und nicht nur nebenbei – von hoher Sprachempfindlichkeit zeugt.

Das Mädchen – so spricht die Autorin von sich selbst in der 3. Person –, das halbe Kind, wird nicht gleich ins KZ verbracht, sondern zur Zwangsarbeit ins jüdische Krankenhaus zu Berlin. Dort in der Vorhölle freundet es sich intim mit zwei jungen Halbjuden aus Köln an. Zitat: „Der ausgeprägte Kölner Dialekt entzückte das Mädchen mit seiner Mischung von Brutalität und spielerischer Zärtlichkeit."
Dieses Zitat fiel mir vor zwei Wochen wieder ein, als ich das neue Buch von Armin Foxius gelesen habe.

Diese knappe und vorzügliche Definition der kölnischen Sprache kann mühelos auf die vielfältigen und unterschiedlichen Inhalte des Buchs erweitert werden. Es ist kein Witzblatt und kein Gebetbuch, hat aber beides und vieles andere im Haus. Das übrigens könnte den Leser beim ersten Durchblättern ein wenig irritieren, weil das Buch nicht aus einem Stück besteht, sondern aus gleich vier großen Teilen, von denen drei wiederum viele kleine untereinander verwandte versammeln.

Wie gesagt, das Buch ist ein Haus, keine Villa mit Park für eine Familie, nein, ein Miethaus im Veedel mit vier Wohnungen, in denen vier Parteien wohnen. Bei jeder Partei wird jetzt einmal kurz geklingelt.

Der erste Teil versammelt achtzehn knappe Texte, teils Short Storys, teils Glossen, in den Themen weit gestreut, pendelnd zwischen „Brutalität und spielerischer Zärtlichkeit". Einmal wird eine Situation von wenigen Minuten auf einer Seite erzählt, dann ein ganzes Menschenleben, ein Stoff für Romane.
Die Skala reicht von der sanften Kritik kölscher Selbstverherrlichung bis zur exakten Skizzierung leidender Menschen, seien es Scheidungswaisen oder alte Leute mit misslungenen Lebensläufen. Kölsch ist das alles, großstädtisch auch, und ebenso Fortsetzung der Story von Adam und Eva. Zum Stil sei nur gesagt, dass der Autor die Kombination von Aus*sprechen* und Aus*sparen* virtuos beherrscht.

Der zweite Teil trägt eine Überschrift: „Anekdoten aus dem Köln unserer Tage". Eine Anekdote ist eine kurze Erzählung auf eine scharfe Pointe zu. Etwas leichtfertig könnte man sagen: ein gehobenes Krätzchen. Aber das stimmt nicht, auch kölsche Anekdoten streben, wenn es sein muss, bitterernste Pointen an.

Der Autor hat sie alle gesammelt – erfinden kann man so etwas nicht: neunundfünfzig Schlusspointen, fünfunddreißig auf Kölsch, neunzehn auf Hochdeutsch, fünf dazwischen. Alle sind sie mehr als Krätzchen, es sind historische Dokumente dessen, was der kölsche Volksmund, also das kölsche Volk von heute, noch täglich zustande bringt an spontanem Witz, an Schlagfertigkeit, spielerischer Brutalität, Anarchie und drastischer Freundlichkeit.

Nur ein Beispiel: Den jungen Mann, dem eine Taube im Vorbeifliegen in den Hemdkragen gekackt hat, tröstet ein Passant: „Jung, sei froh, dat dat kein Koh wor."

Das Beispiel enthält nebenbei auch einen Hauch von der unausrottbaren Hinneigung des rheinischen Witzes zur Fäkalsphäre, die Foxius, wie einige Nachbarreviere auch, auslässt, leider oder Gott sei Dank, das stehe dahin.

Aber auch ohne das ist das Buch ein realistisches bürgerliches Zeugnis dafür, wie sich eine großstädtische Bevölkerung an ihrem Ort Heimat täglich herstellt und Heimat behält.

Dies gilt ebenso und erst recht für den **dritten Teil** des Buches, der den lapidaren Titel trägt: „Unsere Straße".

Hier liegt vor ein rein hochdeutscher Essay zu einem kleinen Segment der Stadt am Rand der Stadtmitte, zu dessen Bausubstanz, Bevölkerung und Integration, Straßen- und Gemütszustand, Taten und Untaten der Stadtverwaltung, Bürgersinn und Bürgerstolz und vieles anderes mehr. Von einer soziologisch-sozialpsychologischen Auftragsstudie unterscheidet sich diese so lockere wie exakte Bestandsaufnahme durch das jargonfreie Deutsch. Mit Jargon ist beileibe nicht das Kölsche gemeint, sondern das Kauderwelsch der Fachidioten.

Glücklich die Stadt, die einen Chronisten wie Armin Foxius hat.

Meine Damen und Herren, die Ausführung nähert sich jetzt langsam dem Schluss, und ich muss der mir vor langer Zeit von Armin Foxius überlieferten Verfügung folgen, dass sich in Köln jegliche Art Ansprache gegen Ende einer Art Büttenrede anzunähern habe.

Bleibt der **vierte und letzte Teil**. Vor dem wird hiermit gewarnt. Vorsicht! Gedichte! Und auch noch in reinstem Oxfordkölsch. (Dieses

Wort stammt übrigens, soviel ich weiß, von Hans Conrad Zander.)
Die Gedichte sind alle kurz, sie handeln meist von der Natur in der Großstadt. Damit kommt man ja schnell zum Ende, sogar beim Hochwasser. Gartenfreuden werden besungen, scheinen also etlichen Kölnern zu liegen.
Leidenschaftlicher aber und folgenreicher wirken in Köln die Jäger und Sammler. Theo Burauen sammelte Elefanten, nachgemachte natürlich. Die Namen der großen Kunstsammler zieren nicht nur die kölschen Museen, stehen auch bei Foxius im Buch. Ein Kölscher, den er nicht mit Namen nennt, sammelt „Andenken-Dömchen", holt sie heim, wie Foxius das nennt, von Trödelmärkten und Antik-Shops, stellt sie alle „geostet", wie es sich für ein Gotteshaus gehört, ins Regal.

Der Kölner Stadtstreuner Foxius, der ganz schön abgründig werden kann, sammelt Volksmund, Aussprüche, Ausrufe, kostbar wie Halbedelsteine, die er in ein scheinbar schlichtes Sprachgeschmeide fasst, und fertig ist die Anekdote.
Mir braucht keiner zu erzählen, was das für Arbeit ist. Aber sie lohnt sich. Sätzen aus Volkes Mund, die sonst im Nu der Wind verweht,

verleiht er ein Fortleben für unabsehbare Zeit, während er selbst schon seinen Bestatter kennt, und das wegen des Balkons am Dom. Näheres dazu kann nachlesen, wer das Buch erwirbt.

Erlauben Sie mir zum Schluss ein Zitat, das nicht in diesem Buch steht, aber wie dafür gemacht scheint:

„Ich erinnere mich, während meiner allerersten Besuche in Deutschland nach dem Krieg, eine kleine katholische Kirche gesehen zu haben, ,Die Madonna in den Trümmern' von Köln. Die ursprüngliche Kirche war ausgebombt, so sagte man mir, eine Madonna war unversehrt geblieben, und so hatte man Glasfenster um sie herum gebaut – ohne die Trümmer mit berühmtem Ordnungssinn und emsiger Tüchtigkeit sofort wegzuräumen. „Die Madonna in den Trümmern" – für Sie, meine Damen und Herren, und für mich als dringend notwendige Fürbitterin und als ein Stück Hoffnung. Ja, ganz anders als die groteske Ruine am Berliner Kurfürstendamm, Puderdose und Lippenstift, wie der Volksmund so treffend sagt. – das gefiel mir."

Das könnte von Armin Foxius sein.
Geschrieben steht es wiederum bei Elisabeth Langgässers ältester Tochter, bei Cordelia Edvardson.
Sie scheint die Stadt zu mögen.

Heinz Küpper, Nov. 2003

Inhaltsverzeichnis

Zum Autor

Armin Foxius wurde 1949 als Sohn des Journalisten Armand Foxius aus Malmedy (heute Ostbelgien) in Köln geboren. 1968 absolvierte er in Bad Münstereifel das Abitur am St.-Michael-Gymnasium und nahm in Köln das Studium der Slavistik und Philosophie und später ein Lehramtsstudium auf. Von 1979 bis 2014 war er Lehrer an der Ursula-Kuhr-Schule im Kölner Norden.

Foxius ist seit 1962 schriftstellerisch tätig. Er schrieb zwei kölsche Musicals für Kinder, Texte zur Lokal- und Regionalgeschichte, Gedichte, sechs sogenannte *kölnische Lesebücher*, 48 Gedichte zur Rheinlyrik in *Vater Rhein. Ach, Alter* auf Hochdeutsch und im kölschen Dialekt und unter dem Titel *Ich heißte Kevin. Na und!* 28 kurze Erzählungen in rheinischer Jugendsprache. 2011 und 2013 gab Foxius in zwei Bänden eine Auswahl der journalistischen Arbeiten seines Vaters Armand Foxius heraus. Seit 2015 schreibt Armin Foxius monatlich für die Rubrik *Kölsch Verzällche* in der Kölnischen Rundschau.

Schriften

- *Romanisches Jahr.* Köln 1985.
- *Kressdaach es wie Weihnachten. Ein kölnisches Lesebuch.* Wendland Verlag, Köln 1994, ISBN 3-930906-01-5.
- *Alles Köln. Ein kölnisches Lesebuch.* 2. Aufl. Verlag Franke, Köln 2003, ISBN 3-9806470-1-3.
- *Groß-Köln, Klein-Köln. Ein kölnisches Lesebuch.* Köln 1998, ISBN 3-98059990-2-7.
- *GipfelZipfel. Gedichte.* Verlag Franke, Köln 1999, ISBN 3-9806470-4-8.
- *Dom mit Balkon. Ein kölnisches Lesebuch.* Verlag Franke, Köln 2003, ISBN 3-9806470-5-6.
- *Chressbaum, Krepp, Prosit Neujohr,. Ein kölnisches Lesebuch.* Dabbelju-Verlag, Köln 2007, ISBN 978-3-939666-06-6.
- *Vater Rhein. Ach, Alter. Gedichte.* Dabbelju-Verlag, Köln 2010, ISBN 978-3-939666-14-1.
- *Ich heiße Kevin. Na und!.* Dabbelju-Verlag, Köln 2013, ISBN 978-3-939666-30-1.
- *Kölsche Klaaf. E Leseboch.* Verlag Regionalia, Rheinbach 2016, ISBN 978-3-95540-247-1.

als Herausgeber

- *Zeit in Münstereifel (zus. mit* Heinz Küpper*).* Selbstverlag, Köln 1988.
- *Armand Foxius – Für den Tag. Und über den Tag hinaus. Zeitungsartikel über Münstereifel für den Kölner Stadt-Anzeiger (1958–1961).* Rass'sche Verlagsgesellschaft, Bergisch Gladbach 2011, ISBN 978-3-940171-17-7.
- *Armand Foxius – Was bleibt. Zeitungsartikel über Münstereifel für den Kölner Stadt-Anzeiger (1958–1961).* Rass'sche Verlagsgesellschaft, Bergisch Gladbach 2013, ISBN 978-3-940171-24-5.

FSC
www.fsc.org

MIX

Papier | Fördert
gute Waldnutzung

FSC® C083411

Zeitfracht Medien GmbH
Ferdinand-Jühlke-Straße 7
99095 Erfurt, Deutschland
produktsicherheit@kolibri360.de